zouguo

天亮

tianliang

言叔夏_著

台海出版社

图书在版编目（CIP）数据

白马走过天亮 / 言叔夏著 . -- 北京 : 台海出版社，2020.10

ISBN 978-7-5168-2675-1

Ⅰ . ①白… Ⅱ . ①言… Ⅲ . ①散文集—中国—当代 Ⅳ . ① I267

中国版本图书馆 CIP 数据核字 (2020) 第 133632 号

北京市版权局著作合同登记号：图字 01-2020-2930

本书由台北九歌出版社有限公司授权出版

白马走过天亮

著　　者：言叔夏

出 版 人：蔡　旭　　封面设计：吴黛君

责任编辑：俞滟荣

出版发行：台海出版社

地　　址：北京市东城区景山东街20号　　邮政编码：100009

电　　话：010-64041652（发行，邮购）

传　　真：010-84045799（总编室）

网　　址：www.taimeng.org.cn/thcbs/default.htm

E - mail：thcbs@126.com

经　　销：全国各地新华书店

印　　刷：唐山富达印务有限公司

本书如有破损、缺页、装订错误，请与本社联系调换

开　　本：620 毫米×889 毫米　　1/16

字　　数：184千字　　印　　张：14

版　　次：2020年10月第1版　　印　　次：2020年10月第1次印刷

书　　号：ISBN 978-7-5168-2675-1

定　　价：49.00元

沿途永无止境的海岸公路，

大海一直一直跟着我们。

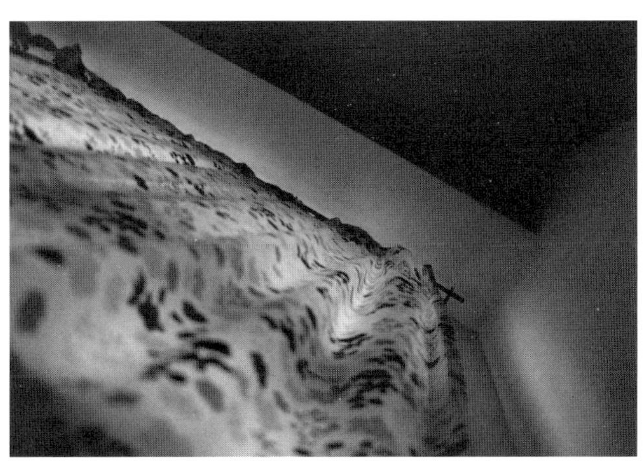

房间很安静。家具搁浅着。

地板上有拖鞋漂浮的暗影。

放生

在井一般的房间里紊乱地生活着。

1486

猫眼里的世界像一个玻璃球，

摇了摇就会有细小的雪花掉落，像时间的尘埃。

幻灯之光

郝誉翔

在我教书十多年所遇见的学生之中，言叔夏实在是最优秀的一位。当然，我也不乏看过才华洋溢的青年，但却没有人如她一般，即使蜷缩在角落，仍难以掩抑上天赋予她的光辉。她不论写起散文小说、读书报告甚至考卷，无不洋溢出早熟的过人文采，令人讶异、赞叹，更不免起了呵护怜惜之心，就怕天才和早熟，有时反倒变成心灵不可承受的重负，压折了还来不及茁壮的茎与枝。

言叔夏便因此一路战战兢兢地走来，以我对她的认识，这本书算是相当迟来的了，但也或许并不算迟，生命如此漫长，时代又如此焦躁纷乱，更需沉淀安静，耐心以文字织就抵挡俗世洪流的墙垣。于是在这本书中，我读到了在她看似柔弱的外表之下，一颗坚韧饱满的心，一种纯粹、倔强，或是自持，甚至被时间淘洗却益发光亮的天真，从方块铅字之中汩汩穿透出来。

这也让我想起了，年轻时代其实是不爱读散文的，但若是为我所嗜读着迷的某些散文（我在此不提人名，以免将言叔夏轻易划归入哪一流派），则便是与这本《白马走过天亮》相近似，不刻意雕琢华丽的辞藻，而是运用最俭省之字，只消几笔，却能勾勒出奇异的画面，如：“你的家，长出了河流。”（《用眼睛开花》）“我的地下室沙漠。长长的雨季在地面走过，五月的道路，几乎是一条倾斜地海了。”（《马纬度无风带》）又如：“时光队伍在白天鸟兽般地散开，在梦里成群结队地回来，在睡眠里围着营火齐声歌唱，然后在苏醒里被全部遣返。”（《尺八痴人》）如此的例子不胜枚举，仿佛这不再是一本散文集了，而是一本诗集，一部超现实的画册，或是杨・斯凡克梅耶（Jan Svankmajer）的动画，甚至一页页的纸上电影，塔可夫斯基、安哲罗普洛斯、费里尼。

故读《白马走过天亮》，宜把它当成诗般咀嚼，甚而享受视觉的飨宴，任由想象力的时空之轴，被文字不断拉长，延展，并且容许暧昧恍惚的，梦一般的存在。在言叔夏的笔下，不论是爱与残酷、梦想与死亡、温暖与冰冷，皆是泯灭了二分的界限，彼此渗透晕染，让人脑海里不由得浮起了许多画面：哭笑不得的小丑，欢乐又忧伤的马戏团，大象侏儒骆驼马，穿着白鞋红裙的小女孩，排成队伍安静地穿过空荡无人的长街，还有杰克豌豆、沃尔夫精灵、美杜莎、拇指姑娘、鼹鼠太太……言叔夏一再地召唤纯真，以抵抗这个正在倾斜下沉的世界，而在不可逆转的死亡与腐败中，却仍要竭力地张开她那一双未被污染的、清亮的眼。

这份坚持的姿势，竟也使我们随着年纪逐渐坚硬且冰冻的心，一下子，忽然变得柔软了起来，仿佛被刺痛了似的，泫然落泪。然而泪是温热的，哀而不伤，也因此，全书虽然弥漫着挥之不去的死亡，以及孤独疏离的基调，但却不致令人颓丧枯槁。书写，是告别死亡的最好方法，而这也正是言叔夏一向所关怀的，从论文到创作，皆是念兹在兹不断回心的主题。在这本散文集中，我却看到了她对于死亡的诠释，不是虚无，或是终结，而是以重返孩子的童稚状态，扳回时钟的指针，让一切不可逆转的，从此有了逆转的可能，从黑暗中，见到光的萌芽。

而我也以为，这才是言叔夏身上最可贵的素质。这十多年来，她从花莲到台北，从东部乡间到城市盆地，从大学到研究所，时间与世俗的尘埃，却不曾在她的身上驻足，反倒是更加琢磨出一颗有如钻石般澄净剔透的心来。而这本散文集就是她心灵的水晶世界，我在读时，却又不由自主地联想起了许多年的某一夜，在北京王府井夜市看拉洋片，眼睛凑在小洞前，看着洞内另一光亮迷离的所在，彩色的剪影一一流转，有人有动物，有街有树，悠然而逝，沉静又天真，若生若死，但就是不在人间，看着看着，我的心中竟忽然涌起了莫名的快乐与悲哀。

（本文作者现任中正大学台湾文学研究所教授，著有《温泉洗去我们的忧伤——追忆逝水空间》《衣柜里的秘密旅行》等书）

土星的环带

黄锦树

土星将要离开我的第四宫，四宫的尾巴天蝎座，于是今年的生日，在葬礼中度过了。整个傍晚我们吹奏号角，围着圆圈烧火红莲花，直到夜暗下来，周围的景物退得很远很远。整个送葬队伍被雾完全掩盖。大雾散去，我忽然就只剩下自己一个人，在这个暗黑的平原上了。

有时我感觉自己来到世界，只是个空空的容器。承载世界。

有时世界变成了海，就承载了我。好久没有大哭。虽然我不清楚那是为了什么。也许是时间。有人告诉我，土星是一个虚的实体，无法抵达，也不能登陆。它的环带比它本身来得更真实。

——Facebook of Camille Liu,12 Jan 2013

去年有位本地学界的朋友又在抱怨本土学人对马华文学的研究乏善可陈，我随即转寄一篇刘淑贞的论文给她看看，附了一句评语：“这论文比她老师写的好太多了。”这种话或许会为她树敌吧！但学术之路本也是条江湖路，有敌人也会有朋友，即使刻意广结善缘的人也会经常中暗箭。最后凭靠的还是自己的实力，况且论文真正能传世的也不多。

很可庆幸的是，本土文学研究的领域近年出现了若干有潜力的年轻人，而且同时从事创作。刘淑贞无疑是个中佼佼者之一。读她的论文可以看到，在理论的广泛涉猎之外，还可以清楚感受到有一股对文学的强烈激情。那种激情在她的老师辈的论著那里几乎是被彻底压抑掉的（如果不是从来没有过的话）。虽然，那也可能是种危险的激情，尤其在本土学界论文急遽学术化、学究化以利数目字统计的年代。另外一个值得担心的是，过度膨胀的本土文学学术产业或许会让积累毕竟有限的本土文学不胜负荷。这份负面的冗余或许会转嫁给年轻的研究者，限制了他们的可能性。

听说她也写作，后来从一部书里读到她的《马纬度无风带》《忧郁贝蒂》。前者是我近年来读到的少见的散文佳作——因为某种我自己也难以说清楚的原因，大概有几年忽略了年轻一代的写作——也许还包括自己的写作。

写散文时她或许叫言叔夏，我不知道（也没那好奇心去探询）她还有哪些笔名。

尔后在她的部落格里零零星星地读到一些文字，羚羊般跳跃的意象，欲语还休地道出自身生命的某些伤害、失落、启悟，或某种难以言喻的感思。除了极少数的例外（几篇寓言或小说），我读到的她的大部分写作并没有逾越现代散文的界限，这种自觉是很值得一谈的。

我认为《白马走过天亮》这部散文集是相当标准的现代散文——严格意义上的现代散文，是二十世纪六〇年代以来，由多位作家加以命名、概念化并实践，在现当代文学里断断续续地延续着的一种写作。从文学史的角度来看，文学界对现代散文的自觉创造，可以说是对五四抒情散文的局限的尝试克服（那一代的现代散文界碑是鲁迅的《野草》）。进而言之，那也可能是克服抒情散文的有限性的一种（可能有效）的方式。[1]

和一般人的认知也许恰好相反，散文（这里严格限定为抒情散文）在现代文学系统里，可能恰恰是一种最不自由的文类。散文的写作者很快就会意识到，它其实严格地被限定在一个有限的范围内。它不像小说有虚构的自由，也不如现代诗有相似于小说的自由——借由虚拟的核心、虚拟的情境，次第地展开词语之花。位置介于小说和诗之间，因着它严格的有限性，它之被独立对待，从文学系统的角度来看是非常勉强的。[2]大部分写作者也近乎默契地默默遵守着这限定，少数逾矩者都会付出相当严重的代价。如果是文学奖的场合，那甚至是个准法律问题（“诈欺取财，不当得利”），而不只是个道德问题（欺骗）。[3]

[1] 但这一路径不是没有流弊，早在余光中的《逍遥游》里就可以看到修辞的浮滥膨胀。部分后继者走过头了，变成反复使用夸大格以致让语言弹性疲乏。

[2] 黄锦树《文之余？论现代文学系统中之现代散文，其历史类型及与外围文类之互动，及相应的诗语言问题》，《中外文学》三十二卷七期，二〇〇三年十二月。

[3] 最近被揭发并引发讨论的例子见钟怡雯《神话不再》，《联合报》副刊，二〇一二年十月七日。

因此，它其实非常孤单，它被迫直面生命经验，被逼面对个人经验的单薄贫瘠。它得到的反馈或许是，它可能是最认真、最真诚面对生命自身的一种文类——它先天的告白特性、凝视自我，甚至反思性。

既然小说式的虚构之路是不被容许的（那是个禁忌），如果不想流于文字的白描，平铺直叙的自我暴露，唯一一个可以选择的道路就是借镜于现代诗。那条路径我曾把它称为修辞的拓展。但它不限于修辞，而涉及诗的各种技艺，甚至是戏剧化，这在既有的现代诗里也有许多例证。戏剧化之路可能让它趋近于小说，但现代散文似乎总是自觉地以主体生命的本真性为其核心。吊诡的是，那往往来自伤害。罪是另一个可能性，那也有长远的传承，譬如西方忏悔录的传统。但为什么欢乐不是？欢乐仿佛是另一个禁忌——在时间之流里，欢乐容易被它的对立面冲淡、覆盖、抵销。反之，感伤、悲哀往往有很强的存活力、感染力，可以一直发挥作用——甚至后遗地把未来的某个当下共时化为过去。写作大概是直面它的最好的方式，也或许是防止它突袭的最好的方式。

虽然是老生常谈，伤害往往是启动书写的那个按钮，启动一种与自我、与远去的幻影之人的总结式的对话。

言叔夏的书写似乎毫无选择地从散文被规定的有限性展开[1]，以直面自身经验的有限性、伤害的本真性。于是读者可以清楚地看到一个年轻的孤独女子，爱穿黑衣，爱孤僻，独来独往，大概惯于从情境中自我抽离为一个观察者（《尺八痴人》《白马走过天亮》），那也是从小养成的自我保护的能力。她的出生不被祝福，和母亲的关系相当紧张（《阁楼上的疯女人》）。从台湾西部的乡下到遥远的、暗夜般荒凉的花东去求学。而后北上，有一段时间住在可以看见陌生的脚，在窗外头来来去去地走过的地下室（《马纬度无风带》），爱乱做梦（《梦之霾》）。而她也常常独自品尝寂寞，以致几乎爱上自己蜗居的房间和衣橱（《袋虫》）。身为那一世代受专业训练的文艺青年，叙事中偶尔会选择性地暴露一些读过的书（太宰治、邱妙津、Susan Sontag、班雅明）和电影，但也许刻意忽略掉的名字更为关键。譬如当词语如此轻快地跳跃："书名好像是一句法语，念起来像一只鼻子，我念着念着就觉得自己变成一只大象。""那布偶极爱转弯，那转弯的弧度极美，那倾斜就是一种正确，那棉花屑，沿路不断掉落就宛如秘密的雪。"（《尺八痴人》）那隐藏的名字就出现了。那夏宇似的联想、瞪羚似的跳跃，是一种文体练习。偏好格言警句，"心是辩术"，"连掌纹也都有

---

[1] 大概只有两篇例外：《用眼睛开花》《Pluto》。

自己的路要走”（《辩术之城》），“爱这样远，痛这么近”（《隧道》，编按：此篇定稿后未收录），格言警句总是企图排除时间。Eileen Chang？

虽然像穴居人那样，那叙述者也需要外出觅食、上课、谈恋爱、访友、看电影、买书，都是些寻常不过的学生生活。但时间一长，感慨就深了。开篇的《十年》有相当的概括性：“十年里我做了什么？去了一个不喜欢的城市，搬四次家，和三个人分手，换了六份工作。十年里外婆死了。”生命中关键的十年，顺利的话可以从大学念到博士（但文科往往需要更长的时间），取得社会上升之路的基本资格。但青春的流逝是不可避免的代价，情感的创伤更难以预测。一度亲密的情人和朋友，在时间中渐行渐远后最终都成了大写的英文字母。仿佛只有那说话的“我”是唯一的真实。叙事中的家庭剧场都是原生的，父母婚姻失败，以致那原初的爱与依附都残破不堪；斗转星移，妹妹怀孕、生子，老辈衰老死去，新来者是全然的未知，生命流转。葬礼，丧礼如通过仪式，在他人之死中局部地领会生之奥秘。而伤害，又何尝不是种考验？

那经验主体还好不致太过脆弱如邱妙津、黄宜君那般，仿佛浑身是风划出的伤口。言叔夏第一人称话语的叙述者自有一套词语的魔术，她有能力争辩（《辩术之城》），即使在她最忧郁的时候也还保有几分抽离的洒脱。

《马纬度无风带》或许是个中最佳的案例。

一次情伤，背叛，被摧毁的原初的爱（初恋？）。但逼真性的细节一开始即被连串的比喻带离开，蒙古人的大象、沙尘暴、沙漠、流沙、石头、马、骆驼……大量的问号，犹如涟漪般一圈圈从伤害的核心荡开。那核心，约莫是被利刃割伤了的纯真。反复出现“黑暗”这样的意象，也一再把地下室的租处比拟为沙漠。时序推移，从四月到五月，那大概是最难熬的一段时间吧，她用了无风带的比喻描述那种沉闷。但无风带其实是个比沙漠有生命力的比喻，它恰恰是一狭长的虚拟的界域。相较于沙漠的干枯、无尽的绝望，它其实已经蕴含着穿越的希望——代价必须是把那些马（那些该割舍的）抛进海里，减轻辎重。渡过之后，就可以感受到迎面而来的风了。

对书写者来说，纵使不幸也是一种赠予——只要他没被击倒，就可以反向地吸收、转化它。说来吊诡，这像是被信仰者（神）对信仰者的考验。在一个绝对的意义上，所有的灾难都是考验，即使它带着绝望的黑暗。因为神意难测，神的时间不同于凡俗时间。譬如犹太教徒召唤的弥赛亚，他到底何时到来？大劫难时何以总不见他垂怜降世？身处黑暗时代的班雅明（淑贞爱引用的Susan Sontag《土星座下》热烈颂赞的对象）的答复晦涩难解，近年阿甘本（Giorgio Agamben）对它做了番细致入微，但一样不易理解的诠释。“某些事物似乎并未发生，但实际上却发生了。”[1]一如前阵子的末日预言，世界末日也许真的发生了，但我们并不知道，它被一股我们难以理解的力量抵销了。反之，弥赛亚降临了，只是你我都不知道，也无法理解。

如果我们把那样的解说带到诗学的领域，或者说从诗学的角度去看，可以说，也许诗（辩证意象）即是那可能的神意。不论是对卡夫卡还是班雅明（还有一样命运多舛的布鲁诺·舒尔茨），唯一真实的救赎是他们在灾难急迫的阴影里，在危机中写下的那些神秘难解、仿佛带着启示的微光的文字。因着那些诗一般的文字，他们在后人眼里往往被看成在世的先知（虽然他们并不知道自己是先知）。那种从劫难废墟里夺回的灰烬般的事物，见证了书写的力量，一种可以把时间喊停，共时化（一如意识批评论证的），甚至变更时间的矢量（“凡不可逆的皆可逆”）。任何有能力的书写者从自身经验的灾难（甚至个人的悲剧）中，借由文字向命运争夺而来的、自身生命本真性的灵光，构成了作为有限

[1] 阿甘本著，麦永雄译，《弥赛亚与主权者：瓦尔特·本雅明的法律问题》，汪民安主编，《生产》第二辑（广东师范大学出版社，二〇〇五），两百六十八页。

性存在的个人的土星的环带。

我们的被抛状态无法选择，但可以选择与它搏斗的方式。

谨与淑贞共勉之。

二〇一三年一月十六日，埔里

（本文作者现任暨南大学中国语文学系教授，著有《乌暗暝》《梦与猪与黎明》等书）

目录

辑一 / 雾路

辑一 / 无风带

辑三 / 光年

十年一渡 / 代跋

黄昏离开。天亮回来。

关于那些夜间旅行的事，

只有大雾知道。

辑一 / 雾路

十 年

嘉南平原的清晨，一直让我想到外婆家。还有志学街往东苑岔路直到木瓜溪的河堤旁。最后一次从那里离开，有人在堤上遥控飞机。在嘉义的夜晚，S 载着我指认着黑暗中遥远的物事：那里就是我跟 H 大学时代住过的地方。那些漆黑里一幢一幢孤独的房子。在看不见边界的田野里伫立着。S 不会知道，H 死后，我的东华时代也结束了。因为 H 死在那个我十八岁时窗前有着一棵树的撷云庄。

而今我来到 H 生活过的大学。像是交换人生。我在低缓起伏的校园里散步，假日里学生们都鸟兽般死寂四散了，只剩下空荡的教室，洞窟般地敞开着。

（“现在，我可以对你描述我的日常生活了。”）

十年里我做了什么？去了一个不喜欢的城市，搬四次家，和三个人分手，换了六份工作。十年里外婆死了。在八月的下午静静自杀死去的外婆，在九月的葬礼上不知道为什么我掉不出半滴眼泪。因为我不能理解那理由。我想起最后一次看见外婆，是在大学三年级的暑假里，母亲带着妹妹回到外婆家，因为处理与父亲离婚和债务的缘故，整个夏天的白日里，母亲都在阴暗的床铺深处睡眠着，无法起身。是外婆借我脚踏车，让我在那样安静无声的南方午后，一直骑到平原巨大的铁塔下。

“妈妈睡了。不要吵她。”外婆眯着像猫一样的脸孔对我说。把食指放在鼻尖。

太阳在天空无声地运转。从透明玻璃般极深极蓝的天空深处，传来事物静静碎裂的声音。整个夏天都有一种拔高的音频，从耳壳深处的漩涡涤荡开来，令人晕眩。

我沿着田边的小路骑到平原中央的铁塔下。黄昏渐渐纷涌，以这杰克豌豆般仰头亦望不见顶尖的铁塔为中心，暮色从四面八方拢聚过来。我在那巨人般孤寂的平原铁塔下哭了起来。

外婆死时大家都哭得很伤心，我却只是一径地发呆。回过神时，看见身旁的弟弟眼眶泛着光亮。我问他：

“你怎么了？”

说出口时才忽然记起，这是在外婆的葬礼。外婆已经死去了，所以弟弟是在为外婆的死所哭泣了。

这已经是二十四五岁的事。

而今我在一个陌生城市黑衣过街。城市的一切都斑败灰旧了。那些公寓的墙面因为雨季冲刷出一片人脸的轮廓。那些裂痕都像是皱纹，那些水泥裸露的砖瓦都是五官，都极不对称。像是死者的遗照。和第三个情人在同一个路口分手时，我忽然明白外婆的葬礼上无法哭泣的原因。那是因为我日日都在日常中服丧。

时间大于死者，已是死亡等身。我还不懂得死亡，已经先明白了时间。

我在 H 走过的时间中停留。校园的黑夜如此漆黑，深不见底，仿佛潭水。远处的平原上，只剩下一点一点闪烁着星星般光亮的铁塔，孤独地在夜中伫立。

譬若时间。

夜雾大鸟一般的来临。黎明之后，又将鸟般地四散飞去。譬若这十年。

S 说想念台北城了。他本是台北生人。却在平原停留了十年。我说真的吗。是那座雨日长达全年四分之三长的城市？是那座终年皆仿佛被忧郁症患者不停流泪的蕈状云所包覆的盆地？

我们没有谈论关于 H 的任何事。我们谈论天气、情人、糟糕的交通状况、难吃的食物、日复一日的工作与论文，以及永无终点的日常。

小南门、仁爱路、凯达格兰、罗斯福；温州街、金三角、汀州路、南机场、金山大厦……这些星丛般的地名与道路，在全然的漆黑中，终于像遥远的星星般的、因为话语而翻涌，并且终亦因为缄默而感到无处可窜逃。我们说你知道那个谁谁谁现在在做什么吗。你知道哪里哪里消失了又重新盖起了新的大楼。你知道谁谁谁去了嘉义又回来花莲……顷刻我像被什么哽塞住了喉头。忽然间我与 S 都不再说话。记忆像光年一样包围了我们，从平原黑暗的四面八方。

袋虫

我很喜欢房间。

很喜欢四面墙壁紧紧包围着的感觉。在房间的中央抱膝蹲坐着的时候，总觉得好像回到了遥远的地方。

令人怀念的气息笼罩了上来。像是在孤寂的童年场景般的地方，无论经过了多久，都特地赶来的、某个重要的人，果真翻越重重的日夜，抵达这空无的、只有我独自一人的洞穴般的房间，而与我相见了。光是为了这份心意，便令人感动得想哭。

虽然，并不知道是什么人。但是，只要坐在房间里等待，就知道他一定会来。

或许不是怀念。或许是很久以前失落的某种东西，远在肉体被生下来前，就已经存在的一种触感，穿透过洁白得不可思议的光芒，伸过来的一双手，对我做出神佛般的手势。不管在房间的任何一个角落，那手臂永远温柔地抱着我。

房间是我非常重要的亲人。

夜晚，我在不开灯的房间里工作着。白天，就放下厚重的窗帘睡眠。

我是作息混乱得像是空中飞人般的二十五岁独居女性。在井一般的房间里紊乱地生活着。穿过的衣服、打发时间而随意从书柜里取出的杂志、坐垫，与积着薄薄灰尘的抱枕，在房间的四处散落着。不过，房间没有发出任何怨言。

不会因为没有日晒就忍不住抱怨。不会要求增加更多家具。

“本来就该如此的地方，不能勉强。”房间仿佛凌厉地对我说着：

“就算装出再怎么可怜的苦瓜脸，房间就是房间，顶多是个箱子。既不会变成夏威夷海滩，也不会变成河流。”简直像是开光般的告白，房间不用软弱逃避现实。

壁癌、腐蚀的水管、坏掉的灯、门口锈蚀的绿色信箱。

不管再严重的打击，都将之视作物理性的败坏。

我想，为什么房间会有这样意志般的坚强觉悟呢？仿佛是从有天地以来，就矗立在那里的窟穴一般，静谧地、安详地存在着。有着敦煌石佛般的坚定眼神。

或许，那是因为它具有着人类所没有的质素吧！

坏毁了也无所谓。被侵蚀了也无所谓。我就是我。而且今后也将继续以我的形式存在下去。

仿佛听见房间这么说。

房间的外面，是一条静静流淌的河流。

不过，我却很少到那条河边。

在房间的阳台眺望着河水，看着傍晚散步的人们在河堤上慢慢地走着，我觉得自己好像正在他们的身边。

不需要特意地到“那边”去，便觉得已经在“那边”了，这是房间所教导我的事。

我无法想象不在房间里的自己。

在夏日耀眼的阳光下行走着，穿着光线下显得特别鲜艳的绿色T恤，穿越着午后安静无声的巷道。五官与轮廓，都因为强烈的曝晒，而变得轻浮了起来。痘疤也好，黑眼圈也罢，即使是再怎么精致的脸孔，一旦出现在商店街的橱窗玻璃里，被倒映着，无论如何看起来都像是连自己也不认识的别人，而令人愈发感到焦虑了起来。

不过，在房间里的自己就不会这样。

房间里的镜子所显现出来的，总是阴凉的、树荫般的五官。可以让人安心地在上面休息。

因此，即使只是到不远处的便利商店购买食物，我也想快点回家，与房间相见。

万不得已要出门的时候，我也势必带着房间。

那是像是电话亭般的设施，由隐形的玻璃所组成的四方箱子。当我移动的时候，箱子也跟着我一起移动。

如果遇到需要交谈的对象，就拿起话筒，隔着透明的玻璃拨打出去，不管在街上、办公室、学校或者电影院，房间以携带式电话亭的方式守护着我。

我想，如果在与朋友或者上司之类的人交谈的途中，房间突然现身的话，一定会吓到大家的吧！

“这是什么东西呀？你在那里面做什么呀？而且，为什么这个东西会跟着你到处跑呢？”

想必对方要是突然看到了，也会大惑不解吧！

不过，没有人这样发问过。

就像童话故事里只有“聪明的人”才看得到的新衣，房间也是一种“国王的电话亭”吧。

像披着隐形斗篷般的背后灵。不管到了哪里，总是发出幽灵般的叫唤。我的心无论何时都想与房间紧紧地结合。

简直像是热恋，分开的时候怀念得想哭，相见的时候又大大地松了一口气，每次分离都觉得此生可能不再相见。

所以，我的房间几乎没有任何访客。

房间喜欢着我，而我也痴狂地喜欢着它，在这漩涡般的恋情里，容不下第三者。

不过，那个夜晚，却出现了意外的访客。

那是一种叫作衣蛾的虫蛹。袋状的灰白色外壳。不仔细看的话，还以为是掉了漆的水泥屑。平时总是悬吊在天花板的角落里，像是水滴般地垂挂着。不过，那一天，在漆黑房间仅有的一盏昏黄光晕里，一只衣蛾“啪”的一声掉落在我的面前。

“这是什么？”

正当我好奇地将鼻尖凑近，想看个仔细的时候，桌面上那瓜子壳般的白色袋状物竟然伸出了头。我立刻惊吓地弹跳开来。

不过，衣蛾显然没有理会我。

它只是悠闲地伸长了脖子，打了一个爱困的哈欠，像是从天而降的仙人一般的，在桌面光圈的平原里漫步了起来。那个样子，实在傲慢得令人火大了起来。

“开什么玩笑，竟把人间当作了自己的天堂吗？请睁眼瞧瞧看，这里到底是谁的地盘呀！”

我立刻抽了一张卫生纸，“砰”的一声对着桌上正在散步的衣蛾拍去，衣蛾在皱成一团的卫生纸里，很快地将头伸进袋状的壳蛹里。它的身体非常非常小，但是，却拖带着很大的壳。

打开计算机，立刻搜寻跟衣蛾有关的信息。

潮湿的雨季会大量出现，陈旧的老房子里也为数不少，衣蛾以石头蛹的群像在房间的四处迁徙着。

也是辛勤的纺织者。搜集灰尘与毛屑，编织成背上那灰白色的壳。

所以，衣橱是衣蛾最喜欢的地方。

它们总是愚公般地搬运着衣物上的毛球与棉屑，地板瓷砖上的细小灰尘，排水孔里短短的一根一根的毛发，然后，在黑暗的夜里，将那当作砖瓦水泥般的，一点一点盖起了自己的房间。

所以，卫生纸里被捏成一团的灰白色壳蛹，并不能真正杀死衣蛾。

它总是躲在那灰白的、粉笔色的没有生命迹象的壳里，直到敌人远离，便再次地，将那细长的、懒腰般的头伸探出来，之后，悠闲地、愉快地继续行走。

那一定是一张只有在显微镜下才能被看得仔细的五官。有很大的眼睛、鼻子、啮人的牙齿。

但是，在肉眼的世界里，衣蛾所拥有的昆虫的脸孔，只是原子笔墨水般的黑色小点。当我俯下身张看着从壳里探出头来的衣蛾，衣蛾也正睁大眼睛看着巨人般的我。

一想到这一点，便觉得衣蛾是与我相同具有可以互相对视的眼神的某种存在物，而令人忍不住战栗了起来。

凡是人以外的东西，只要拥有眼睛，就觉得对方与我似乎能够用语言沟通。所以，餐桌上的动物，除了鱼以外，几乎都是没有眼睛的东西。

光是注视着对方的眼睛，无论如何，就不能把它当作食物般地吞咽下去，因为，只要稍稍凝视着那仿佛还骨碌地转动着的眼珠，便觉得有吃食人肉的罪恶之感，鸡的脸、猪的脸、牛的脸，不在必要的时刻绝不上桌。

眼睛所传达出来的心情，说明了一切。

那是超越了国籍、物种以及各种生物间的区别，是不能被归类为任何一种语言的绝对性存在。在那不需要说话，就能彼此明白的话语里，只有“宽恕”一词可言。

我想，人类之所以能够恣意地扑杀着衣蛾般的小虫，正是因为看不见那微不足道的眼睛吧。

所以，徒手打死蚊子就像家常便饭，但是徒手打死苍蝇却总是令人忍不住恶心地想吐。那一定是因为苍蝇的亡灵，以那斗大眼珠的方式，回来指责人类了吧。

看着卫生纸团里缓缓张开的衣蛾的壳，我突然有点害怕了起来。

因为，在那无机物所编造的灰白壳里，所居住的，是和我有着同样脸孔的生物。

在与我恋人般相恋的房间里，还有别人存在，这件事让我很不安。

夜里，睡觉的时候，衣蛾总是悬吊在天花板上俯瞰着我。

洗完澡后，湿漉漉地走到衣橱前，边擦干头发，边换上衣服，衣蛾也低头张望着我。

当我恶狠狠地抬头回瞪着它，它总是满不在乎地吊挂在原处。

我想，那一定是因为它随时都拖带着那棉絮织成的硬壳的缘故。

衣蛾所在的壳，是个比起自己那微薄的身体，还要来得大上数十倍的壳蛹。以人类来说，就像是一间游泳池般的大小。

不与同伴共享着同一个房间，也绝不背叛自己所在的壳蛹，不管生或者死，都跟房间相与共，衣蛾自律地、坚强地，在自己用灰尘打造出来的巢穴里生活着。简直像是肉体与肉体相连的伴侣。

为什么衣蛾能够恣意地拥有这样的人生呢？那种像是宿命似的工作，仿佛一出生，就为了与房间相恋般地来到了世上，终其一生衣蛾都在做着同一件事。直到身体坏毁为止，而终于死在那自己编造出来的壳中。房间也成了墓穴。

衣蛾的壳中，除了自己以外，什么也没有。但是，我的房间里，却塞满各种东西。

旅行回来的纪念品、各时期拍下的大头照片、分手的恋人所遗留的拖鞋、搬家时从另一个房间携带过来的书柜、床单与家具。

我想，如果我也有一个游泳池般的房间，我所拖带的东西与回忆，也绝对会塞满整个游泳池，直到它再也吃不下为止。我不是衣蛾那种家徒四壁的居住者。

不管到了哪里，不管携带着再如何强固的“国王的电话亭”出门，每次回到房间，我一定会将外面的什么带了回来。笑语也好，哭泣也罢，别人不经意的一句问候或者心意，伤心的与不伤心的。

仿佛又听见房间这样指责着我：

“今天又把一些乱七八糟的东西带回来了。你到底有没有把我当成恋人般认真地看待？”

因此，拥有着绝对恋人身份的衣蛾，带着自己的房间，像是老年夫妇般相爱地在我的房间里漫步时，便不免令我恼火了起来。

“简直像是在跟人类夸耀着自己那洁白的人生了嘛！”我愤愤不平地想着。或许，衣蛾也正在哧哧地嘲笑着我。

这样的衣蛾，在五月的梅雨季里，大量地出现在天花板上，并且，流星般地啪啪坠落着。简直是跳伞部队。

掉落到地上的衣蛾，像是外星人般降落地球，而且，开始四处流窜着。

明明知道卫生纸无法完全将之扑杀，不过，我仍然在房间的角落到处追逐着它。衣蛾很轻易地被我捉住，捏成一团，不过，即使是被用卫生纸掐到眼前，与我面面相觑的衣蛾，也完全没有要妥协的意思。一旦我目露凶光，衣蛾便“唰”一声迅速缩回了壳中。

我气愤得不得了，于是，摇晃着手中的纸团，叫它投降。

如果是别的动物的话，会跟我正面对决吧。比方说狗，一旦对到了眼睛，就会没完没了地跟上来，直到一脚把它踢开，或者嘶吼回去。受伤也好，被说是脑袋太过单纯也罢，狗就是具有那种不达目的绝不善罢甘休的厉害才华。

但是，眼前这片瓜子壳般的袋虫，却恬不知耻地缩进了那棉絮做成的房间，连用眼睛向我乞饶的努力也不肯做。这，到底该说是懦弱还是虚无呢?

我不敢把掐捏了衣蛾的卫生纸丢进房间里的垃圾桶，因为，它必定会在讨伐结束后的黑暗里，伸头拨开纸团的皱褶，优雅地、从容地，爬回地面，之后，带着它的房间，继续在黑色的平原里睡眠旅行。

于是，只要抓到了衣蛾，我就毫不犹豫地往阳台外丢去。楼下加盖延伸出来的铁皮屋顶，没有多久，就遍布着一团一团白色的卫生纸团，那里面装着蒲公英般正在旅行的衣蛾。

不过，即使已经做到了这样的地步，还是不能安心的。

据说，在一个家庭里，只要出现一只蟑螂，就代表这个家庭的暗处埋伏了三千只其他的蟑螂。衣蛾也是同样的道理。网络上的人这样回复着我的发问：

“如果晴天的话，就把衣橱里的衣服全部翻出来洗，用强光曝晒。因为衣蛾很可能已经在那上面产卵，换句话说，在你看不见的地方，都有蠢蠢欲动的孵化中的衣蛾的蛋。”

我完全无法接受房间与我之间还有别人，更不用说是三千位别人。

于是，梅雨季的中间，偶尔出现的少数晴天，我都在歇斯底里地清洗着衣柜里的衣服，买吸力很强的吸尘器，拼命洗刷地板。

但是，当雨天再度地来临时，房间里的光线转成阴凉，灰尘薄薄地从阳台的落地窗，被风吹来，在桌面无声地降落。像是蘑菇一般。头发长了，只要漫无目的地在房间里走来走去，也会在前天刚打扫过后的地板上，看到一根两根掉落的毛发。

我想，衣蛾这种东西，该不会天生就是用来指责人类的一切努力，都是没有用的吧？即使扫除得再怎么干净的地方，灰尘还是会再来的。排水孔的黄垢与锈蚀，无论再怎么用力刷洗了，经年累月，一样会出现的。而我，作为一个人类，终其一生，都必须处在和那不洁的污垢敌对的战争之中，没有公休的时间了。那简直像是，整个人生都在做着自我清理的工作了嘛！

忍不住要沮丧了起来，而颓坐在房间的中间。

房间静谧地在夜晚里沉睡着。

熟睡中的房间，有着一张恋人的脸孔。

书柜、地毯、衣橱和天花板。鞋柜里摆满我喜欢的鞋子。地垫的方向。电视与计算机那一片漆黑宛如森林的荧幕。

“你到底有没有心理准备，要跟我这样单调无聊的箱子，一起生活到死呢？”

仿佛听见房间这样问。

“那可不是休息这样简单的事而已呀！如果是休息的话，你与我都只是彼此的客人，稍微停留了一下，就势必要互相告别，到另一个地方去的。不过，你与我之间，不是那样的关系吧。”房间在夜色里对我诉说着。“那是更重要、非常重要的另一种关系呀！”

啊。如果可以的话，我也真想成为像衣蛾那样的人啊！

很想一直与房间相恋，直到变成了白骨为止。一百年以后，被人从墙壁的钢筋水泥里挖出来，连身体也一起埋进了这个房间。

生也好，死也好，食物也好，排泄物也无所谓，在同一个房间里举行着的，我那自我消化的仪式。

很想被房间紧紧地包裹。书柜、杂志、盖过的棉被、喜欢的鞋子和重要的回忆，全数舍弃。希望房间能从四面八方把我重重地抱住，温柔地告诉着我："这里已经没有痛苦的事了噢。"在我与房间之间，只有空空的、像是胸腔般的洞，被风咻咻地经过。发出哭声般的哀鸣。

不过，如果是那样真空般的、没有痛苦的所在，为什么，我还会听到那种低泣的哭声呢？那找不到源头的悲伤的号哭。像是童年里一次迷路的孩子，沿着离风很远的道路，由远而近，慢慢地回来了。

雨季好像会一直下到世界末日。衣蛾持续侵袭着我。雨滴般不断掉落在房间的各个角落。似乎带来了信息。我想知道那灰白袋状的壳中究竟诉说了什么，于是，边清理着一切，边愈发焦急了起来。

不过，还是不能知道的。

衣蛾守口如瓶地守护着它自己的房间。

而我，还是不能成为衣蛾的。

牙 疼

春雨一下，牙床就软软地酸了。支着下颚走路去很多地方，搭捷运，讲课，与人交谈，吃软软的食物。牙床酸起来时就感觉肿，谁也不想见，而刚好又是谁都不必见的时候，我会躲在不开灯的雨天厨房里熬一锅粥，加黄砂糖，熬得甜甜烂烂，搬一张板凳坐在流理台前读书，听窗外绵密的雨水，整条街都泡烂般地慢慢地下。缓缓地熟。软浸软浸地烂。春天里的牙疼有一种濡烂的酸。不特别想动，有时就放任着它疼。肿烂一样，有时疼着疼着也就感到了塌。脸都垮下来般的塌。这种时候谁也正好都不会上门，可以垮着嘴吃一碗松松热热的甜米粥，把疼痛浸泡起来似的。

这样泡着的时候，就会感到那颗牙在很深很深的地方，被琥珀色般的液体浸着。从牙根深处的根茎开始软烂了起来。慢慢炖着。大气渐渐地温着、热着、溽着，渐渐地就馊着了。发出一股馊味。但雨天里哪里也不想去，遑论牙医诊所。于是就这样拖着一颗烂牙在屋子里走来走去，穿薄长袖毛衣，看起来什么也没发生。但舌齿间拨弄着那颗蛀掉的牙，隐隐抽痛。蛀洞里传来咻咻声，像有蛇钻过。

牙疼是很难让人起照顾心的。像是一种病，却又说不上病在哪里。感觉像是身体的零件或齿轮松脱了开来，掉了一个两个，再补便是。但牙疼时我总感觉自己是病着的。痛感方面像是受伤，有表皮被剥落的发炎之感。疼起来时总觉得整张脸都是肿的，变得厌恶起照镜子之类的事。如果正好都是不用出门的日子，整个春天就会非常邋遢地过着。我本来就是邋遢生活的人。牙疼时变得更不爱接电话，反正四月里会打来的朋友多半是抱怨想死的。而五月他们就都会好了。跟你的牙疼一样漫不经心。经常喝粥，并且从不接收邮差的挂号信。这些事情都比不上一个水族箱般浸透的屋子。一根深海贝类般的蛀牙。一整个下午风向飘忽的雨。春雨下得到处都是。满街都是窜走的伞。而你在一盏吊灯的阴天屋子里，慢慢地煮。感觉不被照顾，同时又感觉到不需要。一种类似倔强的感觉。因为你只是整个右颊都酸酸软软地疼。蒙起未收的冬被睡一场长长的觉，在梦里继续疼痛。然后做一个无人的梦。梦里像高中时代的保健室下午，裹一条毛毯微微地忍耐着。十月左右的阳光从百叶窗外斜斜地晒入，将自己烘得好暖。你就想着：疼痛原来是暖热的。

四月里的牙疼也是暖的。巷口吃一碗糖水豆花烂花生才甘心去的牙科，有一种游戏的氛围。小时候我害怕看牙，母亲总说拔完牙齿就带你去隔壁冰店吃一碗草莓炼乳雪花冰。刚拔好的牙床还软软的，凹成一个洞，舌尖忍不住一直去舔。混杂着雪花般的绵冰与微热的痛楚之感，有时侵逼到了牙髓，整个口腔都尖锐地拔高了起来。那时的我却觉得非常非常快乐。那个牙医是乡下小镇街上唯一的牙科诊所，装饰着发黄的匾额与挂号台。看牙的手术台不知为何在记忆里老是呈现着铁金属的质地，连漱口杯也是银亮的。那个牙医从那时起已经是个老医生了。而隔壁的雪花冰店挂着二十世纪八〇年代才有的那种彩色珠帘。几次回去，诊所早已原地消失。我在这里遗失了此生第一颗乳牙，并且以一个成年人的方式理解关于失去了一颗牙齿，并不总像掉了一根头发那样，只要留住孔洞，就会重复地增长出来。就像失去一根手指，并不会再长出全新的一根。在漫长的雨天诊所里等待着的时候，我想：这一切究竟是从什么时候开始的呢？这么想着的时候，便随即又想：这一切指的是什么？

没有了母亲允诺的雪花冰，独居以后，我少看牙了。而牙也极争气地和我挺过一段坚硬无比的时日。我曾在独居的午夜一个人吃断半根臼齿，混着饼干碎屑被吐了出来。凑近一闻，那小小的半根玉石般的臼齿，有一种奶馊的气味。好像童年时的某支奶瓶被放了太久而没有清洗的味道。不知道为什么我觉得非常开心，好像得到了一只五岁的我。我将它放进抽屉底层的小盒子里，非常安静地坐在屋子的中央，听窗外流过的雨声。春雨一下，整个城市就海绵般地膨胀起来，每条街都湿得可以拧出水来。像哭一样。整个春天都像哭一样，骚乱微烂，好暖好暖。暖得让人想哭。就像牙疼，可以蜷在口腔当一颗烂掉的牙。四月就这样要掉不掉地过完，如同那些一往悬宕的物事，亲密非常。

散 步

秋天的街道沉没下去，仿佛海波，不知被覆没的是我的双眼，还是起伏的道路。温度骤降的早晨，只是一夜的时间，季节就来临了。翻滚着，翻滚着，我好像梦见了什么，好像什么也没梦见。

“此身虽异性长存。”拥着冬被坐起，不知为何想起了这样古老的句子。仿佛遥远的年岁，在渐渐远去的梦里，洞穴般地传来。每个句子的岔音与意义总有一个永不弥合的缝隙。皮球那样地在我胸口的左侧一拍一拍地微弱下去。像我们。像那个季节里的所有并肩。所以我总是在散步的途中。

我喜欢一个没有人可以打电话的晨起，连刷牙也变得吵闹起来。住在那条坡道上时，我戒掉了日伏夜出的恶习。

“你是住到了时钟的另一面。”

“我只是住到了你左边的脸。”

长情的日子像线圈缠绕，愈拉愈远我就会消失不见。我讨厌剩下一个空空的线轴在原地打转，像身体，而所有话语的终点莫不是身体？

“和你在一起的日子，我觉得我没有了自己的语言。那种感觉好像没穿衣服似的。”意义漂浮着意义。到最后所有的意义都变成了话语。有人可以靠着循环般的辩证生活下去吗？窗子的外面还有一个窗子。是谁在往里面看？是谁在往外面看？

“所以你的意思是要离开我？”

“那不会是我的意思。那是语言的意思。我对我的母亲也会有同样的感觉。我不会离开你。因为那意味着我要离开所有的人。”

“这还是语言的意思。你可以拥有一间自己的房间。”

“我早就有了。在我的里面。”

斜坡路上的女子都有一个孩子跟着。他们戴着小圆盘帽，背小小的书包，街车铮铮走过以后，就听见那吊在书包上的提袋里传来汤匙在空便当盒里的“哐啷哐啷”声。整个早晨就因为那声音，而有了一面倾斜的海。可以穿着睡衣下楼拿一封信。可以让这封信整个失窃。

☆

把台北住成一个异国，我的钟面日日迟滞不前。我叫这排公寓白天公寓。在这里我被赠予整座奢侈的白天。晨寐与午寐，大量的昼寝，像瀑布，有时我像隔着瀑布的水帘观看着窗外大片而亮晃的白日。

“你会渐渐健康。”

“可是为什么我一直感觉生病？”

“你不可能一生都居住在夜晚。”他微笑地推了推眼镜。“因为这个世界是为白天所布置的。”

白日追逐着黑夜。从零度到零度。不可能吗？我该怎么告诉我的医生，我一直居住在另一个人的另一面？像月球的暗面，停留在鼻翼的左侧。黑夜来时，身体就蜷成一种黑。是谁告诉身体外面正在天黑？而我长年的夜间生活却总像个小偷般蹑手蹑脚地跟踪着白日的轨迹，侧身躲在暗影的缝隙里。直至死时，双眼终于枯竭耗费，变成了一只头上长灯的鱼。那时我必会全然地眼瞎目盲，游荡于荒野。一个远行回来的尤利西斯。

秋日如此。天高地厚。走到哪里都感觉鞋跟踩得地底“叩隆叩隆”。离开诊所，还有那点连接着点、线连接着线的捷运转乘图，一关接着一关地等待着被破。我老像游乐园里的咖啡杯乘客，将自己抛掷。我所能决定的就只有抛掷自己。是路带我走上回家的路。

雾从斜坡的尽头升起，和我的步伐一样。走着走着，就忽然觉得有了一个并肩的人了。有时我会把“我”称作“我们”。在一天尽头长长的日记里。

☆

“所有的散步都会把脚散掉。”年轻时写下的一行句子。像卦一样。双脚的螺丝“咔啦咔啦”松脱的时候，也总想起这样的一双脚，毕竟拖七带四地跟了上来。我有好久的时间不知疲倦是什么。也有好久的时间没有拥有过眺望某物的激情。生活像水。我日夜纺织的时间，一匹一匹，河流般地蔓延向他方。

而生活总是在他方。四野八荒。我要河流般地流溢向何方？我是生活吗？还是我只是生活的一个意志？意志牵连着意志。我以为我已经到了遥远的彼方。

“把灯灭了。我们出去走走。”

“你这样好像在说扑灭一只飞蚊或什么。”

“这幢屋子已经暗了。”

“因为地球渐渐转到面光的那面？你看过墙上的那张日照分布图？医生说我需要光。可是总不能像神那样，说了光，就有了光。”

“你老是这样。不关心梦吗？”

“梦不是一种只出现在黑暗中的事物？”

该如何理解梦？有一日我做了一个全黑的梦。在梦里我以为我变成了一个瞎子。瞎子做的梦理所当然是黑的，可是后来我发觉那不是梦，那是窗外整条街道的路灯都坏毁了。我在全黑的房间里重新感觉自己的双眼。感觉黑色极端迫近眼球的凸面。感觉黑色里冰凉冷冽的空气。

“有绝对的梦吗？我从来就不是你以为的那种人。为什么我要为一个别人做的梦负责？”

有人把脸变得极冷极峻。有人攀爬石岩。失足以后，整座山谷就支撑起一张爬满碎石的脸孔。空谷回音。有人来过了。

☆

一起去的街角市场，天光尽灭。市场旁的小学放课了。满街都是戴小圆盘帽的孩子。背着红皮蓝皮绿皮的小书包。水壶像蝴蝶一样地摇晃。整条街都是那种铮铮的声响。他们才是这条街道的小石，要被流送到什么样的地方？

有些时刻，我会非常想要一个孩子。一个安静、爱笑的孩子。想得几乎想要去偷一个。每天早晨，我像个母亲一样地帮他装盛便当，帮他戴上小帽，帮他穿一双白花花的袜子。我要带他走路，走上这条斜坡，走过整个冬天将至的浓雾。听他说：“妈妈，我看不见你了。”

而黄昏的雨就这样来了。街上的孩子纷纷四散，窜逃一般。我撑起了伞。这不过是一日将尽的一个日常的散步。明天，还有后天，大后天。日子堆叠着日子。我比一场毫无预警的雨拥有更为健康的作息。

“我的生活在哪里，你就在哪里。”出门前他说。

“关系牵连着关系。你捡拾了什么，就佩戴着什么。人不是总将另一个人佩戴在身上？”我拥有脑海里的声音。从我五岁醒来的某个下午，我就忽然发现了脑子里的这个声音。她既是我，有时又总是命令着我。我有一个隐秘的箱子，箱里蹲踞着一个小小的女子。当我说“我们”的时候，“我们”其实是说“我”。我日夜用这个声音佩戴着你。把你像玉石一样地戴在胸间与腰际。我感到自己非常非常地想你。

而黄昏的雨落了下来。一个陌生孩子，就这样蹿入我伞下的脚边。仿佛雨中河流里被我弯身捡起的石子。仰望的眼睛擦得好亮好亮。

“下雨了。”我低头看着他说。

“我没有带伞，可不可以让我躲一躲？”他的话语有着一种成人的语境。

“让我们走一小段。”我说。我们可以抵达雨的彼端，那片小小的骑楼。

究竟是谁守护了谁？白日终于彻底离去。黑夜来临。我感觉两种颜色的暗影叠放在我的皮肤，紧紧包覆。它们交映成一种无法言说的颜色。

鱼怪之町

有时，会想起那样阴霾的天空。那是现在几乎只会出现在梦中的场景了。水彩般晕染开来的深浅痕迹，形成低压的云带。南部老家的楼顶，九月左右，放学的傍晚，雷雨胞悄悄地来了。只有嘉南平原才有的雨滴落下前土壤松动的发酵气息，闷湿、疲倦，有着眠寝的召唤；午睡的隧道前，我坐在那像是梦一样的水族箱中。

母亲问我，要不要去港口？我点点头。但是，在这样将要下雨的午后？

母亲后来就哭了。在港町边的防波堤上。我注视着远处将亮未亮的灯塔，阵雨细密地下了下来。夏秋之际的雨，显得既轻且重，像是羽毛，又像是铁，打在脸上针扎般疼痛。一千公斤的羽毛和一千公斤的铁究竟孰轻孰重？小学时代的我，老是回答不出这样的问题。

“好想、好想跳下去啊！”望着大海的母亲，忽然这样回头对我笑着说。母亲脸颊上有一道笔直的泪痕，像是羽毛根管般的，往下延伸到锁部，仿佛有着骨头的质感。

“跳下去的话，要做什么呢？”我歪着头问。

“跳下去的话，就可以变成鱼哪。变成可以游到很远很远的地方去的鱼。”母亲微笑着说。

“那么，我也要一起去。”我点点头。

港町的傍晚，渔船回港的螺声在雨中朦胧地晕散，糊成一团。绿色的灯塔后来究竟有没有亮？已经记不清了。但是，很多年以后，每当想起那天的事时，心里总是浮现出这样的声音：

“那一天，妈妈是想带我一起去死的吧！”

☆

我成为一个写作的人这件事，和喜爱读书、想成为作家、记录旅行抑或浏览风景……这个世界的一切一切，都完全没有关系。对我而言，这个世界的一切根本不能和写作这件事放在同一个秤杆上，它们是完全不同的两种砝码。要说唯一有关的话，那一定是鱼怪。是那像是纳西瑟斯水中倒影般的鱼怪，沿着梦境的礁岩，游到我的枕边，湿淋淋地爬上岸来；边摆动着淌水的尾鳍，边摇晃我的手臂，用那不像是人类的声音呼唤着我：醒来吧！醒来吧！

醒来以后，突然，像是附魔一般的，不得不拿起笔来了。

梦中的场景历历在目。有时像是尘埃一般，轻轻一吹就会四处飘散。我护持着那掌心里的沙，谨慎翼翼。十几岁的时候，每次提起笔来，总是去到一条无人的街町，通往港口，绾着发髻的女子要走到港边，跟海鱼见面。

A 在放课后的无人教室里问我：为什么你的每篇小说里，女人总是去了海边？

大概，是想见面吧。想和那像是使者般的海鱼见面。我总是边看着窗外，边漫不经心地回答着。九月甫开学不久的秋天傍晚，海上仍有台风的消息，雨却已经密密地下下来了。空气里有一种蚯蚓的味道。我想起平原上遍地断尾求生的蚯蚓整片整片地蠕动着，蜷成夜晚的圆圈。

漩涡逼近了。

“总觉得，这样不停地重复着同一个场景的时候，像要逼那女人去跳海似的。”A 沉静地说着。

“而且，海鱼总是令人害怕的样子。虽然，是一直没有等待到的海鱼，但是……长相非常可怕，头上有瘤，鳞片都血红血红地剥落着……”

A 与我在教室里等待着傍晚五点钟的校车。我们都是远途乡下到城市通车上课的孩子。A 住在更北的地方，我住在省道往南约二十公里处。A 说，十五岁以前，她从来没有看过海。

“所以，也无法想象海鱼。”A 说。

我与 A 常常一起在等待校车的一个小时里，在学校的各个角落里进行着只有我们自己知道的探险；譬如飘荡着鬼火的生物教室，人体标本站起来行走的保健中心，墙壁里埋有骸骨的图书室。

“知道吗？于斌楼的电梯上到六楼，门一打开，就是一排铁栅，铁栅的后方，有像是教堂的场所，传来祈祷声；但是，不能靠近。”

“骗人。”我总是反驳着 A。“于斌楼的上方根本什么也没有。”

教会中学的学生都是良好家庭出身的孩子。我与 A 是班上唯一没有学过钢琴、通讯录上写着仿佛外国字般、没有人知道在哪里的地址。每次翻开通讯录，总觉得那两个地方好像被罩上了两道阴影似的。如果以组合来看的话，那真的是相当寂寞的组合，仿佛只是因为欠缺，而相互依偎在一起的样子。但是，我与 A 都知道，不是这么一回事。

在这所中学里，别人与别人的交往，是圆与圆之间的靠近。无论再怎么接近彼此，也只能像是两个车轮互相倾轧，最终还是将会被彼此转动时所刮起的离心力抛开；但是，我们是不同的；我与 A，就像一个圆里都各自被拿去了一块缺角的两人，打从一开始就是空缺使我们存在，因此，我们只会更加紧密地咬合着彼此，像是裂缝卡住裂缝。

也因此，只要有一方被绊倒，另一方就会连带地被拖倒，像是齿轮的输送带咬啮纠结住齿轮，谁也动不了。

漩涡靠得更近。

“毕业以后，还会跟我联络吗？”有时，A 会小声地问着这样的话。

“嗯。”我没有说会，也没有说不会。因为忽然感觉到乌云从海上渐渐靠近。

雨下下来了。走廊上洗手台的水龙头，滴着水滴，发出细微的声响。放课后稀疏的校园里，湿漉漉的篮球场上，白线被洗得好清晰。不开灯的教室有一种石穴般的气息，我们小丑鱼般地安静栖息在石头与石头的缝隙里。

毕业后终究与 A 失散了。就像许多故事的结尾一样，A 像是沙粒般埋葬进我年少掌心的伤口，长出皮来，A 成为我皮肤里半透明的一颗化石，成为我永远携带在掌中的痣。

“很想、很想也看一看，那个女人所看过的海啊！”在阴霾的教室里，A 微笑地这样跟我说：

“想知道海鱼到底会不会来。”

有一个秋天的星期天午后，我真的带 A 到那个港口。A 穿着与平日不同的轻便衬衫，搭着长途客运摇晃地来到午后的港町，我在家附近的站牌下跟她挥挥手。

秋天的港口风很大，使我们不得不拉拢了衣领，匍匐前进。越过了倾斜的坡道，我指给 A 看：那是海——

A 轻呼：啊——

那个下午，海鱼并没有来。灯塔像废墟一样地亮着。海潮的声音随着天黑愈来愈大。我们在防波堤上坐了下来。

“那里——”她指着遥远处、剩下一条眼缝般的海平线，说：“是什么地方呢？”

“不知道。”我的声音在逆风里仿佛一口一口被风吃掉。声音永远触及不到耳朵。

“变成鱼了就知道了吧。”忽然，无意识地说出这样的话时，那不可思议的、想哭的感觉瞬间倾涌了上来。仿佛在天黑下去的礁岩上，又看见年轻的母亲和小学时代的我。礁岩上的我穿着红色洋装。母亲也撑着红伞。风一吹，我们的裙摆就大红花开般地在风中飞扬。

像梦一样。

天黑下来了。

“真的会跳下去吗？小说里的那个女人。”A 的眼神注视着遥远的地方。远方，那像是空无一物，却又闪烁着烧灼火光的海面。

“要是海鱼一直没有来，该怎么办呢？”

☆

A 一定不能理解，多年以后的我，即使在书写其他的任何一点什么时，心中的坡道，跳海的女人还是每日摇晃地来到，干扰着句子的成型。

渐渐地，为了阻挡这影像声波一般的干扰，手中的笔成了武器。我日夜将它抱持在胸口。变成一种防卫姿态。

母亲与父亲不快乐的婚姻苟延残喘地维系着。有时像是藤蔓般地对我伸展过来，我举起手中的武器向它挥斩过去，它们杰克魔豆般的根茎拦腰断裂；然而，就像水沟里被切断了尾巴还会再长出来的腔肠动物一般，它们总是很快长出头来。

有时，我因感觉被那双红色眼睛锐利地注视，而有一种原初的惧怕从鼻腔中枢蔓延开来。那像是沟道里残生下来的母亲，渐渐在日常里衰老下去，并且，用一种乞讨的眼神从背后向我索取积欠；仿佛，今日我用以呼吸的一切肉体、器官、面世之脸，全都是从那断裂处所衍生出来的一部分。在伸手不见五指的黑暗里，听见从母亲那里传来这样的声音：

“你不过是海鱼变成的怪物罢了。”

我掩住双耳，在梦里蹲伏了下来。

梦中，我在稿纸上一亩越过一亩，我逃避着什么，我拒绝了什么，到后来，什么也不能拒绝的时候，我把笔一根一根插立起来。

港口里的人都围过来看，发出指点的笑声。

捕到海鱼了。捕到海鱼了。他们大声朗笑起来。我觉得好羞耻，因此什么办法也没有地啜泣了起来。在那样的梦里，我总是一直在哭泣。

醒来的白昼空洞恒常。港町、秋天，还有那个中学里寂寞而陈旧的第八堂课，以及那个落雨的午后，我与A的白色制服，全都魔法般的消失了。

白昼里，我在离那港町极远极远的时空，母亲与A，皆消逝无踪。海鱼不曾来。跳海的女人不曾来。我只有这远方陌生房间里一面空白的墙壁。像是醒来在一个全新的子宫。

阁楼上的疯女人

离家太久，南方老家的房子里，那个自我少女时代即与妹妹共享的房间早已成了仓库。堆满衣物、旧书与废纸。墙上海报里的堂本刚约莫还维持着十五岁的样子，只是铺洒其上的尘埃是厚重了。我依稀记得那是日本偶像剧场伴随着第四台刚进入台湾的时代，那年我刚进中学，在夜间重播时段的卫视中文台看到了此生的第一部日剧《人间失格》。我还记得白制服的堂本刚留着那时所有中学男生都会有的分边发型。好像饰演一个新来转学生的样子。我已经忘了大部分的剧情。只记得电视里的进度每天都会有人死掉。野岛伸司的剧本不知怎的总跟幻灭有关，好像少年总是活不到长大的样子。十数年后回到这个房间，海报上的人如今已不知被喧嚣的韩流排挤到这个时代卫星愈发频繁的哪一个角落去了。日光退隐，房间暗了下来。黄昏光线里的河流漂浮着尘埃的粒子。仿佛定格。只是停格的瞬间与时刻，却无论怎样也想不起来了。

我羡慕且惊讶着在城市里长大的朋友们，总有一个自己的房间可以回去。且那些房间都是线状般的存在跟着他们俱进长大与变老，仿佛拥有他们肉体的某一部分。我在这个城市年年遭遇的不同房子却老是像初识的朋友般的拥有他们各自的脾性与年龄。需要相处，而且极难规驯。我所住过的最久房间是木栅河堤旁一间老旧公寓里的小套房，阳台外推，有很小的落地窗，面对着夜间灯火流离的河岸。房间在整层公寓隔间的最底部，必须穿越弯曲的走廊。每次抵达走廊尽头的深绿色铜门时，都有一种被折叠进整个房子背面的错觉。我一直住在那个房间里，度过了几个冬天与夏天。那是硕士班后期写论文的时间，那几年的冬天不知怎的非常寒冷。我在城市里仅有的少数几个朋友终于冰山般地各自漂浮开来，回到他们应有的星体轨道去。生活忽然就只跟自己有关。我每日睡及下午四点钟那种整个房间都被黄昏的光漫漶成红色的时间，在阳台对河刷洗牙齿。在风线持平的夏日夜晚踩踏单车，沿着堤防去到一个不远的夜间超市，买回蔬果与饮用水。那个房间在记忆里就一直是那种晚霞的红与午夜的蓝，还有夜晚河面灯色的晕眩与晃荡。我曾想过接下来的一生都要住在那个房间里，过这样的生活。我曾经告诉过一个匈牙利的朋友说我觉得此生我都不会再有新的朋友。匈牙利人用佶屈聱牙的中文困惑地问我：

“你不想再交新朋友吗？”

“不是那样的意思。”我说。

我其实不知道该怎么让她明白。关于我觉得我不会再需要更多。悬崖过去了就什么也没有。我在这个城市里住过的每个房间都像在崖边搭起的小屋。左脚一步是坠落，另一步是存活。那几年不知怎的二十世纪九〇年代的作家群全都死尽了。死讯传来像是宇宙某处发来的信号。我像在一条迹线模糊的边界上生活。生活，大量且均质地生活，有时像是大量且均质地死。那是一个五坪[1]左右的狭小房间。拥有这个城市成千上万小套房们的所有机能，包括睡眠梳洗与便溺。我日日买回快餐店的便当吃尽，再一包一包将它们挤压进垃圾袋里全数丢弃，纸盒汤汁在半透明的塑料袋里发出窸窣的声响，我忽然就想起了小时候母亲告诉我关于她一生想做的唯一的事，就是待在一个自己的房间里独自老去，谁也不来打扰。

母亲不是吴尔芙那种女性主义的知识分子，只是乡下老家仅念过中学的寻常妇人。从我有记忆起，童年时代的母亲总是在买完菜后的上午十点钟左右，在不开灯的房间里戴起眼镜看租来的录像带。那是录像带店林立的二十世纪八〇年代末。忘了到底解严了没有。这里毕竟是离城市很远的地方。母亲总是在买菜途中带我绕进镇上街道旁的录像带店，挑选她喜爱的美国影片。有时我会被允许租回一卷《大雄的魔界大冒险》。上午十点钟的房子非常安静。所有人都出门去了。我和母亲一起躲进那阴凉的房间被褥里，看电视灯管里晃荡的影像，反照掠过母亲的脸上，一条一条的荧光。影片里总有一片美国西部杳无人迹的沙漠，一部老旧的车，和一条永无止境

[1] 坪：面积单位，1 坪合 3.3057 平方米。

的黄色公路。我不知道这是否是地球上的某个地方，抑或只是电影里一个被搭建出来的场景，童年的我非常困惑。我转头看一旁的母亲，她非常专注地凝视着电视荧幕。房间暗了下来，空气里有一种微雨的气息，在母亲黑暗的房间里，我忽然觉得上午十点钟的这个房子好像长出了细微的汗毛似的，愈发地竖立了起来。

独居数年以后，有时我会想起那些童年的上午时光。想起那个白日里阴暗的房间，简直像是凝聚了所有正午的黑暗般的，悬挂在指针抵达十二以前的刻度上。童年时的我总不明白母亲为什么总要在那个房间里，重复地看租来的电影。那些电影里的人都是遥远国家的某个遥远城市，拥有着金色的毛发，与玻璃弹珠般的蓝绿眼珠。那些流转的外国话语像鸟的羽毛"啪嚓啪嚓"地掉落在房间。你简直以为它们都只是一个音节那样毫无意义，敲击拍打在耳膜上，像雨，又像是鼓点掉落。在二十六岁的某个午睡房间里醒来时，我忽然想起那些影带胶卷里的话语。并且想到那些话语在那个时候都还没有变成语言，甚至根本还没被理解为"外国话"；它们只是许多许多的声音。

许多许多的声音。有时家具会在夜里发出声音。书柜里书页与书页彼此咬啮的声音。午夜的洗手槽里一颗水滴掉落的声音。我知道这些家具会在夜晚我睡去的时候纷纷苏醒过来，伸展枝丫，穿鞋行走，脚尖踩踏地板窸窸窣窣，整个夜晚都会有沙沙的声响。房间里空无一人，因为不开灯的缘故，有时连自己的轮廓也把握不住。我承认那种时刻里的我有点憎恨母亲，关于我将终生居住在一个空无一人的房间，以及伴随着这种预感而来的宿命。阁楼上的疯女人。我感觉是母亲在我十岁那年的某个上午就一直将我放置在那个只有一架电视机与录放机的房间，让我在那里持续地变大膨胀衰老，将童年的皮囊一件一件脱掉。我憎恨着母亲像天气一样地自童年时代的某一天起便以那房间的某种意象笼罩了我。像一个预言，攸关命运，且无法违抗。而所谓的命运，是没有幸与不幸的。这个房间本身，就是我的命运。我感到如此地幸福，同时又感到莫名的不幸，意识到这一点的时候我忽然明白，并不是不幸让我憎恨起母亲；而是那几乎占据了这整个巢穴房间的幸福，让我对母亲怀抱起憎恨。

我想起童年时我与妹妹共享的房间就在母亲房间的隔壁，隔着一面木造的墙。墙壁与天花板之间不知为何没有封死，留下了一道窄窄的缝隙。刚好是十岁左右的小孩能通过的距离。小学以后的某些下午，我总会为了逃避无聊的午睡，爬上墙边的书柜，从书柜的顶部攀上木墙与天花板间的缝隙，从那里跳进隔壁的母亲的房间。

那是母亲进行裁缝工作的寻常午间，妹妹睡了，整个二楼像掏空的巢穴，一点声音也没有。木板隔间的墙壁微微地震颤，层板与层板间发出极细微的“嗡嗡”声。从地板的尽头那里，传来楼下客厅裁缝车“哔叽哔叽”的声响；忽远忽近间，我突然分辨不出母亲究竟在不在这个房子里了。好像那车线压过布匹的声响只是一个来自遥远谷地的空洞回音；我环顾四周，像一个初次到访的孩子，好奇地翻开房间里的橱柜。橱柜里有母亲的口红与戒指，还有一本厚厚的家庭相簿。我很无聊地将它们打开又阖上。相簿里的脸像剪碎的五官般载沉载浮，画出来似的。我将母亲的口红涂在嘴上，披起棉被走来走去，像所有电视剧本里的小孩会做的那样。

然后，在床头柜的棉被深处，看到了咖啡色皮制封面的笔记簿。

那是母亲的字迹第一次以如此庞大数量的规模映入我的眼中。我甚至不知道母亲竟然会写这么多的字。深蓝色墨水笔，硕大、粗重，像是骨骼，又像是骨骼长出了肉。墨渍沾染得到处都是。我想起父亲离家的那几年，有好几次母亲非常神秘地跟我说：我要给你看一本东西，那是我的日记。那时的我脑中首先想起的是那自白日起即已阴暗下去的房间，想到电视里映像管沙沙作响的声音，母亲是在那样的房间里，提笔写起这样的日记吗？我没有告诉母亲，早在童年时代的她的房间里，我就已经偷偷读过了；我读到母亲怀我的时候，因为是她与父亲的第一个孩子，“孩子生下来长得好白，好像不是我自己亲生的。”类似这样触目惊心的话语。童年时的我不明白那是什么意思。那时母亲总爱开这样的玩笑：“你长得一点都不像我生的，像是后面眷村抱回来的外省囝仔。”我从小皮肤就白，母亲很黑。母亲且爱开玩笑地说：“像我这样又黑又丑的女人，配不上你爸。”父亲跟我一样，属于怎样也晒不黑的白皮肉底。母亲对着深夜喝酒应酬回来的父亲，总尖酸冷淡地嚷上一两句话，说他上辈子一定是“菜店查某”。

菜店查某。阁楼上的疯女人。下午的时间结束了。从一楼的地板那里，传来车线压过布匹的“哔叽哔叽”声响。一亩车过一亩。妹妹还在隔壁房间酣睡。十岁时的我想着，必须要叫她起床，让她看看我在母亲的房间里找到的这本书。我要指给她看：妈妈原本是要打掉你的。因为你是意外生下来的孩子。你看，这不是全都写在这里了？

月亮一宫人

那些年，不知为何那样恨着母亲，为着自己也不知道的理由，一小点一小点在心里恨着。恨到了尽头，母亲的脸在脑海里突然变得很模糊。母亲的笑像《爱丽丝梦游仙境》里的猫，五官被擦淡在浅浅的梦里，剩下倒挂的三角形。是因为母亲吗？如果是，为什么会恨一张连五官都记不起的脸？还是因为搬进了那个房间？那个冬天地窖里冥王星般的房间，像巢穴，又像是一个黑洞，灌注满有毒的奶水。克莉斯蒂娃说母亲我是你的呕吐物。你生下了我就吐出了我。是遗弃的动作？被呕吐的感觉？还是恨的其实是那只生我的子宫？

恨意失去了对象物，终究反向回到了自己。于是太宰说："生而为人，我很抱歉。”

真真正正读完了《人间失格》，已经是研究所的事了。大学时何止《人间失格》，连《遗书蒙马特》也读了又读几遍放下再读，带着具挑战性意味的颓唐与挫败。那个年代，文学院里谁不读一点顾城邱妙津？一起住宿的女同学T走过来说：我好爱她，爱鳄鱼一样的她，像爱着鳄鱼一样的自己。T说得耽溺沉醉，像说的其实是自己。翻开蒙马特第一页，开头几句写着：“……我所唯一完全献身的那个人背弃了我，她的名字叫絮……我日日夜夜止不住地悲伤，不是为了世间的错误，不是为了身体的残败病痛，而是为了心灵脆弱性及它所承受的伤害……”

太激烈的字，句句都像哭声。在十八岁的纵谷平原上空荡来去，像是鬼魂。十八岁的我想过关于背弃吗？想过在遥远的以后被一个人那样深地进入与粗糙地丢弃、出出入入如入无人之境？她怎么能够？怎么能够忍受他者如此堂而皇之？乞怜难道不可耻吗？暴露自己难道不可耻吗？想要要不到，还那样坚硬地伸手去要，难道不可耻吗？

T说，那是因为你是个无比骄傲之人。骄傲到无法忍受被伤害。

T某部分说对了。甚至说得超出了太多。那几年父亲失了踪，母亲老是哭着，吃名字很长的英文药锭。有几次打电话来跟我说，家里的电话号码不要再打了。我问她为什么，母亲遂气球被针尖刺破般地哭了起来，说那些人一直一直打电话来电话铃声一直一直整夜整夜地响。母亲接着又哭着说了：对不起啊真是对不起，不应该把你生下来，该让你去做别人家的小孩……

这些话语从母亲的口中说出，有一度使我觉得惊恐且害怕。害怕什么？害怕那芜杂蔓长的、像罪一样的爱？那个骄傲的母亲，从小学一年级的入学第一天，蹲下来帮我整理好制服的领子，随即以成人方式训导女儿的母亲——以后你要进入群体的世界了。那是一个非常危险的地方。你会遇到敌人，也会遇到朋友。有人要来靠近你，不要轻易把心交出去……我且还记得母亲不止一次极为严厉地告诫我：如果有人拿钱要你去福利社帮忙买东西，绝对不可以去；“久了你就会被人看不起。”

长大以后的很长一段时间，我非常不能理解母亲那时对我说的话。童年的越区就读，孤独的学校生活，我总是和群体保持得若即若离。包括写作。那些自小学时代开始、随堂测验纸上一则又一则虚构的故事。我把母亲的这些话语视作我与世界鸿沟的肇端，和她吵架时我也强势脾性地回应回去：你要的那些自尊不过都是自卑罢。

一直要到那通电话，我才明白，母亲是如何用她的命运在跟我示范她的训诫。是因为命运终究凌驾在我们之上吧！所以那从前被我极端抗拒的话语，其实是生我者关于我的预言。生我者因我而负罪，我的存在，究竟算得上是什么呢？是一个指责吗？那么，指责我的，又是谁的手指？《人间失格》。太宰最初也最终的探问。而这一切情绪债务的加减总计最后竟变成了骄傲。兜了一圈又转回到母亲来了：不要轻易把心交出去。字字写在我幼时擦得极亮极亮的心上，像一个锦囊。不到危险的时候千万不要打开。走路的时候、骑车上课的时候、在黑暗的偌大校园里来去穿梭的时候、听别人说话的时候……手心握着一颗砝码，沉甸甸地，

T 问我手为什么握得这样紧呢？是不是有什么重要的躺在手心？

T 不明白那手里握着的仅仅只是我的重量，如同她不明白那根本不是什么骄傲。一如我从来也不明白 T。T 站在文学院的夜色里，问我要不要来看电影。礼拜四的电影社，我还记得第一次踏入播的就是《迷情花园》。关于鬼魂。关于换取。离家的同性恋少年换了一副身体回到家乡来。影片的最后才揭晓：原来少年早在离家之前就死掉了。所以影片的后半只是一个梦。关于全新，关于重来。但如果它只是一个梦，梦主已死，又是谁做了这样一个梦呢？那是我们都不识楚浮与高达的年纪。暗黑的电影银幕上投影机蓝而冰冷的光线，断了气，四百击，T 的话语影像老跑在意义之前，就像她爱着鳄鱼那样爱着自己。高兴时拥抱，流泪时拥抱，T 抱了抱我说：你不习惯，对不对。因为你的身体非常僵硬非常冷。所以就非常之陌生。她说。你把你自己放到那个尖点上去了。

电影散场，放映灯熄灭，整个文学院就暗了下来。T 说，我不走，我不离开，我要在这里等爱我的人过来。

那时我们听张楚。不合时宜的年代。在北京，在天安门。张楚唱孤独的人是可耻的。在文学院的课上读到一行：趋之若鹜，就想起了叫作鹜的鸟，夜里直立着睡眠，把颈子放在另一只鸟上。我像一只鹜一样地走进了二十岁，把尾巴夹在背脊的缝隙里。断尾求生。大学里谁都拖带着一个故事。好像每个人的正面只是一块人形的门板，画着一些无关紧要的器官。身体打开里面镶嵌了房间。T 说布置吧布置。总有一天有人进来。卡门般的血色房间。T 说得那样用力，像整个身体都在往下扎根。四个角钉得房间都疼痛了起来。感觉到存在了吗？真的感觉到了吗？还是感觉到的是痛？痛是存在吗？钢琴教师的最后一幕，她把玻璃插进下体里去了。

没有对 T 问出口的话，因为花莲谷地的夜色空寂静阒得像整片土地都不存在。山为什么那样近？夜色里站得像巨人一样高。树为什么那样黑？每条枝丫都像手指。地平线为什么推得那样远？一条线过去了还有一条线。这一切是真的吗？还是假的呢？如果这些是真的，那么山的另一边，那些高楼市镇、人情亲故，莫不才是照着剧本演出的假戏吧。与 T 走了又走，终究走到散掉。我无热无冷无温无凉，既不上社团，也不爱小资文青聚集起来讲评艺术。那时电影社里还有 W。电影散场后 W 走很长的一段夜路来敲我的门。奥修禅卡抽出来是一个“空”字。整面漆黑的牌面。W 说啊这就是你了。你知道吗？你有时像个容器。什么都装得下。我说我知道啊有时我感觉自己是只袋子。全有的极大值就趋近于全无。韩柳文的课上，《蝜蝂传》是怎么说的？蝜蝂者，善负小虫也，行遇物，辄持取，一件一件丢到背上去。柳宗元说：这是世之嗜取者。柳宗元又说：那小虫最后被背上的东西压死了。

W 像个巫者一样，嬉笑解牌，且谙命理星盘。盘一开像赌局一样。W 说你金水合相，坐七望四。土冥天底，居所隐蔽。凯龙坐天顶，必是十宫受刑伤。W 又说了：四飞七，七飞四，循环往复；且还有命主；命主命宫坐月亮。啊。你是个瓶子。摇一摇瓶里的月亮就晃了。

W 一定不会知道，离开了这个房间，很多年以后，在另一个城市的地下室房间，我昼伏夜出且不喜光线，房间里只有一盏极小的昏黄灯光。W 来找我，我们围着月光般的灯火谈起那些黄道十二宫的坐落与位置。W 说你怎么有本事把住过的每个房间都搞成洞穴。我们在夜里趿着拖鞋到街上去，踩得空荡荡的街道“叩隆叩隆”作响。夏夜里的学校附近又空无一人了。只有路口的便利商店招牌，在夜里亮着霓虹色的光。W 说真是寂寞啊走到哪里都是。一个城市住过了一个城市，连海也退尽了以后，只有月亮一路踉跄地跟上。

W 坐长长的淡水线。从关渡到公馆，236 转到底，爬一段倾斜的坡道抵达我。那些远从花莲通勤上学，并且顽强抵抗坚持一辈子住在大学时代各自房间的梦想，终究只是话语。充其量的孩子气。我与 W 都有各自的课在城市的南端与北端。多山的学院总是令人疲倦，常常爬着爬着就让人动起了放弃的念头。有一个冬天 W 一直与我共同待在那个地下室房间里，度过鼹鼠般的寒冬。我想起童年时母亲买给我的童话故事，拇指姑娘被鼹鼠太太救回地道里，并且在那潮湿阴暗的地道度过了整整一个冬季。我指给 W：你看，你就是拇指姑娘。而我是终年居住在地底洞穴的鼹鼠太太。W 说我哪里是。我其实是个玻璃娃娃。W 比着托捧的手势：要人这样。

我们关灯彻夜谈话。床上床下各盖一条薄毯地谈起了大学的生活。好奇怪从来没有这样地谈过。我们将一个又一个事件立方体那样地用话语捧了起来，然后再从每个立面以语言包剿它；我们非常认真地谈起了那些立面的细节与纹路，仿佛那事件本身就是那样具金属或木材质感的东西；我们谈起外环道倾斜的夜晚，志学街的马路，谈起东苑到莲三的小路，还有那些沿途流浪的狗。我们谈起那个空荡的草原，黑暗的文学院，电影社的夜晚彻夜播放的塔可夫斯基；谈起十八岁那年的大一时代，谈起我的生日……

谈得更多，溢出了话语的边界。我与 W 遂都感到失礼了。树上的洞，远在远远的山丘之外。国王的耳朵是驴耳朵。有时我会说起那不知为何开始的、没有线头的故事：我十二岁那年，妈妈天天要我穿她的衣服去学校上课……又或者：你记不记得，脑海里第一次出现自己的声音，是在几岁的下午？

海水。沙滩。睡眠的灯塔。翘古诗课去的北滨海岸。午后的长浪带来了归港的船。我们彻夜谈论着各种回忆。关于写作。关于童年。还有那些不被爱的事。有一年夏天我走了很远的路，去到一个叫作和平的小站，在那里哭泣了整整一个下午。一个下午的海水都退尽了以后，什么人也没有走过来。只有海。海的声音，随着潮的退落渐渐远去。后来我非常寂寞地再搭了平快车回来，回到我九号公路旁的房子，真真正正感到疲倦了起来，并且发誓再也不要出发去任何地方旅行。因为真的有一个人会永远地爱我吗？忘记了是我还是 W 这样问了：真的有一个人会永远地爱我？忽然间我想起母亲的脸。真对不起，真不应该把你生下来。我所面对的，何尝只是一个世界？一整个世界都是母亲的歉意。啊，真的有一个人会永远地爱我？像母亲一样地爱着我？

而遗书终究是读不完的。我将它夹放在书柜的一侧，跟着我大学时代的几次搬迁，颠沛流离，每搬一个新住所，从纸箱里拿出，总有年轻的邱侧脸看着。那刷白洗色充满暗影的侧脸，躲在细框眼镜的后面，像在凝视，又像什么也没看见。我们相安无事地度过了很长一段时间。年轻的岁月，以为不看就不见的事物，还有很多。搬到台北后的第二年，有一天在书店终于翻开了鳄鱼。开头第一段就是水伶；水伶坐在新生南路的面包店长椅上。搭 52 号公交车。在书店阖上书，走出的正是新生南路。挥挥手。52 号公交车没有停留下来。它离开了。我有我自己的公交车号码需要等待。

白菊花之死

记不清年少时为什么总爱去那条街，与什么人一起，过什么样的夜晚，仿佛梦游。街道两旁的几幢咖啡店家来了又去，河面流光似的，有时也分不清是倒影或梦。只记得台大对面诚品旁凉圆摊的小巷钻入，窄而低矮的房子，几间大陆书店之类的物事。你有几本简体版的傅柯都是在这里参差地买下。性史。古典时期疯狂史。规训与惩罚。再远一些便是布朗修。尤利西斯之海。逼近彼时你所想象的外边。可你连这座城市的外边都去不了。公交车转了又转又被骰子般转回温州街。迷宫般的巷弄，从哪一条开始都令人困惑。抵达了吗？还没有。真的抵达了吗？仿佛你是钟面的针摆。要去的地方再也不是一个地方，而是一刻。一个定点。一段极小极小的刻度。某个时间。抵达了吗？再转一条巷子，隐秘的地下室书店，透上来昏暗与霉湿的气息。通往地底的楼梯两侧贴满过期海报，海报上的演剧与讲座你一次也没有参加过。就像几年以前，O 告诉过你她在这里打工。你并不很惊讶的样子。更多的可能是并不关心。你哪有力气从井底爬出去关心另一个幸存者？

那时你刚从东部的大学毕业，进到这城念研究所。匆促找下的租屋处在离学校不远的斜坡地下室，无论白天夜晚都伸手不见五指。无时间感。彻底地被时间的刻度放逐与驱离。它告诉你：你不属于这里。而且你是再也不属于这里。那么，这里究竟是哪里呢？回想起来，那简直是强光般被曝晒的痕迹，整片的反白，照得你影像模糊，魂飞魄散。可怕的硕班时期简直是白垩纪。你的史前生活有时是你的死后生活。三叶虫。某些事物已然死去，而你还没死，你的意识还在存活与说话；我思故我在，但如果我不思呢？我能不能用我的不思去抵抗在？那个时期，你经常搞不清关于存有的顺序、位置与逻辑。像一架高速运转终至烧坏衰弱的机器，一个印子一个印子地捶打在我之上，将我压得极扁极长。那样的时期，你根本记不得原来与 O 有过那样在同一个时间点交会于同一城市的时期。你找过 O 吗？在此城碰过面吗？亲切且诚恳地与她谈过话吗？即便只是有礼且距离地，都不记得了。努力回想只记起 O 告诉过你的：那是一间没有厕所的书店。每次上班都得要爬上地面去街上借方便。O 说得举重若轻，带有故意的轻狎，到底也是不重要的事。你的其他朋友从来不会这样去谈那家书店。没有，只有 O。O 总是带着回避的姿态将那些抽象事物从上层抓扯下来，将溺之人之姿，有时你恍惚觉得那是恨意吗？然后在你还来不及反应时，倏地从最现实的渊薮中突地拔高（“欸，你知道吗？我哥自杀了……”），刺得你来不及闪躲。

你知道O又试图想让空气变得轻松了。你们在一个被擦得极淡极淡的平日里，极淡极淡地聚首，简直是影子都被擦拭过般的。那样做的缘故是因为你蒙尘了，而O也是。新生南路午后随便的一个路边咖啡座，夏日里的沙尘灰扑扬起，你们像两架搁浅的老车并驾深陷在沙坑里，雨刷“咔啦咔啦”地拖着挡风玻璃。你记得你最后跟O冷淡地说：很久以前就脏掉了。

O终究是离开了那家没有厕所的书店。如你所料。没有可惜也没有不可惜。城里的友人又少一个，但那不是最重要的事。你从不跟城里的友人主动联系。而O也是。你很明白你们其实处在一条绳索的两种极端，你极抽象她极现实，庞大的现实，有时让你的骄傲感到羞耻。O最常问自己的话：我有什么资格呢？我有什么资格？听在你耳里像声声在逼问你：你有什么资格呢？你们有那样类似的物质基础与感觉结构：一样偏远的小镇、一样贫瘠的童年、一样不识文学为何物的劳动父母……还有一样荒凉不被爱的感觉。O说：我要。要得那么用力，那么敢。老是令你仓皇。但你说：不要。说得那样决绝。我的需要就是我不需要，你很明白，因为你说不出那句：我有什么资格呢？

写作的资格。近似底线。你所有书写起步的犹疑、迟缓和踱步。一切是怎么开始的？一张小桌，一个寻常的夜晚，你背对着整个晚餐后的日光灯管在桌上涂抹些什么。小学里新学的字，拼拼凑凑就叠成了一个词，积木般的。这是鸟。这是乌鸦。顾城说的：中午。顾城又说：树冠的年龄。你很快乐，同时又为这种快乐而感到一种负罪的感觉。父亲正在为什么事烦恼似的，影子在你背上刷过来又刷过去，羽毛般凌迟的窸窣作响。身后传来母亲啜泣的声音。那声音不知怎么地，像穿透看不见的什么般传递了过来，隔着羊水般的薄膜。你在一个很远很远的地方。一个转身的动作，背过身去，屋里昏暗的日光灯管晒得你背脊都阴凉了起来。弗洛伊德如是说：如果有的话，书写的原初场景，最先最先的开始，就是背叛。

逃兵。投敌。背叛。多么伦理性的语汇。你从某一国度逃开，伊底帕斯预言。奈何书写动辄得咎，天罗地网，阻碍得你的所有再现都滞步难行。从你有印象之初，举凡作文、日记、偷偷投稿登报的稿件，被父母看见时你总感到羞耻得要死。不是为着别的，而是纯粹的罪。你曾和大学时代共同写作的友人 W 说起这个线头，说你不懂是不是每个写东西的人都有这样负荆的一关要过。W 笑着摇头说如果我是你，我只会注意留心背后的声音，看不见的世界，缺了一块什么，又多了一块什么，该把什么地方填起来。所以我是一个耳朵很好的人。W 说。缝补与拾遗，你何尝不懂书写的姿态，关于技术与技术的养成，总有肇因。W 是真真正正与你站在完全不同起点的人，有着迥异的质量；好奇，推移，手里有笔有时像握着一架铲草机，推过的地方就是路径。小径芳美，桃李不言，你所艳羡的自由与辽阔。

而 O 不是。你明白你与 O 成为朋友，是在什么样的基础下。因为 O 身上也总有那样的战俘气息。你的大学时代有一半是跟 O 一起。吃饭一起，上课一起，你不爱女生朋友那种黏腻交心的逛街吃餐情谊，而 O 也不是。O 与你，有时更像是病病地赖着，说话人与树洞一样的医病关系。你们在晚餐后的夏天夜晚远离宿舍去进行一个很长的散步，从仰山桥穿越阿勃勒林，再绕过幽黑的文学院，到夜里的湖边去。极大极大的校园，常常走着走着路灯就没了。漆黑里只听见水泥路上你与 O 的拖鞋踢着石子，“哐啷哐啷”。

那样年少时代的散步，究竟会终止在什么样的地方呢？暗夜行路，整条路的夏夜如水，你与 O 都交谈了什么？海线的老家、失业的哥哥、坚持要她休学回家的父亲……O 平淡沙哑地讲着，仿佛讲的是别人的事。那时的你是个坚硬无比之人，日记里写有一行：抒情时代的最终告别，告别什么呢？或许你原本即是冷淡生疏之人，需要告别的不是别的，只是一个年代，一种年纪，一个少年多愁的自己。你讨厌那样的自己。O 讲了又讲终于停下来，说：你知道我为什么跟你讲这些？你摇头。因为你从来不会安慰我。O 说。

再远或之后的事，不记得了。属于 O 的记忆地垒，两侧因断层而陷落。它终于在那么久远的后来，成为眺望起来那么尴尬的存在。地垒以外，是无边塌陷的堑地，像你四顾茫茫的现在，看不见过去也看不见未来。如果不是那样的一句话，你和 O 如今还会在一条暗夜的道路上缓步散漫地行走吗？你记得那时的夜间小径两旁总开满白色的雏菊，再寻常不过的野花草，漫山遍地长了起来。O 说这片草的后面有个隐秘的湖，谁也不知道它在哪。你说怎么可能找得到，这么黑，又这么大的荒烟校地，况且湖难道是不会飘的？

O 呵呵笑了起来。爽朗轻快。飘浪之湖，哪有这样的事？暗夜里 O 领着你拨开长及等身之高的蔓草，踩踏进那看似无路的暗黑丛草，脚边鞋边传来窸窣的声响，是野菊的茎叶被踩过弯折的声音。好痛好痛。发出极细极细的声响。分不清是你还是死去的野菊花。O 说这花死了之后就剩下刺。一颗一颗的圆刺，黏在裤管被带回来。像梦一样。但不打紧，楼兰夜雨，最后带回的也只有梦。你甚至遗忘究竟有没有找到那个湖了。大雾就这样从道路的四面八方无声涌至，瞬间包围了你。还有 O。

雾散的时候，你们会不会再相见碰头？

愈来愈多的细节，佚失在地堑之中。像雾中只听得石子声响，“叩隆叩隆”。

冬日房间，九号公路，校园里一座又一座的塔楼，还有那不到高处，总看不见边界的绵延草丛。你的大学时代。坚硬吧。坚硬。别老像个孩子一样地哭。变老吧。变老。快快变老。从身体与心都强大起来。此后的将来还有更大的破坏要来。你日夜在读书写字的那张矮桌前提醒自己：嘲笑书里的柔软与泪吧。米兰•昆德拉。然后笑着把这本书全部忘记。林夕的词，没、没有蜡烛，就不要勉强庆祝。

O 说了什么？你又说了什么？你们所小心推演的真相，如果有真相的话，可以言说吗？你步步为营，迂回缭绕，你希望 O 也是。在抵达之前，请把我当作一个敌人来对待吧。在那个天光即将昏昧暗去的冬日宿舍，地垒的边缘，你与 O 的最后一幕。天光暗去以后，房间一片漆暗。你看见 O 的嘴唇迟疑吞吐“我可不可以……”。顷刻间再熟悉不过的感觉自头顶笼罩而下，压得你的背脊一阵沉沉。你找不到语言给予这种感觉一个名字。你冷淡而承受，并且让脸孔变得更硬更冰。但你心里其实炙烈地希望 O 不要再说了。停止吧。停止。意义追讨着语言，再追就要全都坏了。

最后带回的只有花蕊的刺。圆圆几颗，鬼魅般缠挂在牛仔裤管上，像一枚印记。你离开那个一望无际的暗黑校园，迁徙，工作，念书。研究所的生活空寂无聊，你一点也不在乎。不是吗？你早已精密地计算过这一天的到来。你锻炼意志与心灵，过着赎罪般的修道院生活。绝情弃爱。那些让人苦痛悲伤的情绪，那些拔高的尖锐与音频，你在这偌大的繁华城里搬过几个地方，一路愈搬愈将那些细琐抖落在路上。走吧，走吧，如同你年轻时的愿望，走到一个没有人认得你的地方。十年过去，你倏地清醒，在新搬好的夜半房间里，被梦惊扰。房间里的家具物事在黑暗中渐次清晰了起来。你双手环抱着自己，蓦地惊觉，真真正正是一个人也没有跟上来了。

唯有梦。梦魇日日缠绕在白日与黑夜的耽睡之中，带你云淡风轻地回去那个谷地。花莲谷里的夏日悠长，野菊花开得疯狂而激张，像那个时期的某种标记与颜色。梦里你在四下搜寻着什么，却无论如何也找不出来了。梦之将醒。梦里的你犹有预感，愈发焦急而骚乱了起来。来不及了。谁来帮我找找看。它在这里。它真的就在这里。你想呼喊，然而空谷回音，整个纵谷山壁蓦地朝你夹挤压迫了过来。你感到恐怖，同时又感到一种不甘的委屈。醒来时天蒙蒙地亮了，枕上脸上湿了整片，分不清是泪还是汗。不，怎么可能是泪或汗。你已如此誓言，你已如此誓言要永保此生干燥，丽如夏花；你已如此誓言要以之抗拒匮欠与失去。整条整条的夏夜如水，就像当年。你只是淋漓地上岸。

白马走过天亮

许多人都结婚了，包括怎样也想不到的刘若英。我曾经不止一次听过身旁的同志友人们说唯一可能结婚的女性对象就是刘若英，“大概是因为她看起来非常淡薄的样子吧。”我对刘的印象一直停留在国中[1]时代的《为爱痴狂》，土黄色垫肩大夹克的她在 MV 里彻彻底底地烧了一把吉他。我还记得那是第四台刚开始普遍的时代，有一个频道从半夜三四点开始就会阴魂不散地轮播着每天几乎一模一样的 MV 清单，没有主持人也没有任何旁白。这份清单大概以一个月左右作为周期会定期更新，大约是加入了每月新进榜的歌曲。有段时间，我总是在起床赶第一班公交车上

[1] 国中：初中。

学的五点钟时间，会反复地听到这首歌。

回想起来，那真是一段奇异的年少时光。我所住的那个小镇在离任何学区都遥远的地方，于是小学一年级起我就学会了在挤满众多高年级学生的公交车上突围拉到下车铃的求生技能。国中以后，母亲让我去上位在市区的教会学校，这个技能的规模于是被扩张到更大。我记得上课的第一天轮到自我介绍，当我说出自己毕业的小学时，台下的一个同学非常认真地说：

“你一定是第一名毕业的吧。”她用很诚恳的语气对我说，“要不然怎么可能进我们学校。”

我知道她没有别的恶意，但这段话里我只听到两个部分：她用“你”来称呼我，用“我们”来称呼自己。“我们”当然包括未来的“我”，可是却无法化解当下的我站在台上的那种困窘。我下意识地抓紧了制服裙子的皱褶，不知道该将自己的手脚摆放在哪里。下了台以后我发现那裙子变得更皱了，而且沾满了白色的粉笔灰，后来一整天除了被点名和上厕所的时间以外，我都坐在自己的位子上，一动也不肯动。

对那个学校的人来说，我所来自的地方对他们而言无异是甲仙或都兰之类的地名。我没有邀请过任何人来我家，也没有同学提出过放学后一起去补习班做功课的邀约，整个中学六年，我都过着独自搭乘公交车上下学的生活。从我家到学校的通勤时间大约要花上一小时，公交车会从繁灯夜景的城市一路蜿蜒爬上大坪顶，绕过山区而下。我总是无聊地对着窗外刷过的景色发呆。车厢的人渐渐稀少了起来，公交车摇摇晃晃地，从城市渐渐驶离，常常一不小心就使人陷入了瞌睡之中。冬天的天色暗得极快，在一本摇着摇着就几乎要从膝上掉落的英文课本里醒来时，四周已是荒瘠暗黑的山野。

不知道为什么，那时的我非常喜欢那样苏醒的时刻。天花板上老旧的日光灯管白晃晃地，像水族箱般地笼罩着整个车厢。周身稀少的人们看起来都那么孤独，一个个散落在蓝皮座椅的角落里；他们有人像是水鸟那样地垂头睡着，有人蜷起身体紧挨着铁皮的车厢耽坐，脚边堆放着一个好大的旅行袋，他要去什么地方？要去那里做些什么？我想不出这班夜车能抵达一个更黑更暗的地方了。车厢上方悬挂的吊环无声地摆荡着，像一个隧道般的梦境。窗外大片大片瀑布般的黑色里连一盏路灯也没有，只有窗玻璃上倒映出的暗褐色的自己，车子一撞上了窟窿就五官迸散，支离震颤。

若年少时代的某些路径实则含有某种隐喻，那么这条隧道般的返家旅程也许便成了我日后某种抽象道途的原型。长大以后我发现我不能习惯跟人一起回家，即使是顺路也不行。我喜欢自己从一个喧闹的聚会中离开，喜欢和亲密的朋友告别后独自消失在极黑极深的夜色里。这简直是一种仪式或姿态，需要一条巷子或一段四站左右的捷运来抵达。抵达自我；自我像是一座空空的井口，井里什么也没有。在那孤独的距离与风景之中，沿途的灰尘与细琐皆被洗涤沥净，将我清洁地接迎回到自己的房间之中。

那种黑色一直让我感到非常地安心。我后来就成为一个在那种黑色里生活的人。写不出论文的时候任性地不写，过很长时间日夜颠倒的生活。在半夜三点的厨房里煮面条呼噜地吃完，听很多电子音乐，一整晚反复倒带看电影里喜欢的片段。衣服与书籍杂乱地散落在地上，它们亲密地将我包围。夜晚里所有的人都睡眠了，街道空无一人。有时我会拎着钥匙出门去便利商店，买回荞麦凉面与苹果牛奶。有一次我遇到一个自动门被上锁的便利商店，我在门下站了好久却始终等不到它开。后来我隔着玻璃门看见柜台后的店员在收款机下方竟打起盹来了。他的睡脸如此安详简直他就是这个店里所有饮料书籍便当酒瓶的一部分。我后退几步，整个店看起来像是一只玻璃箱子，一个水族箱。我忽然明白他们的关系其实是鱼与水蕴草，而我只是一个水蕴草睡眠时做的梦。我是一个拜访者。

但其实我真的只是梦。十五岁的自己梦见了三十岁，像背起大袋去一个很远的地方折返回来，我忽然就三十岁了。在三十岁的深夜房间里，我经常想起十几岁时的自己，想起那时的冬天清晨是如此地黑暗，我甚至再也不曾遭遇过那样绝对性的黑。那种黑色只存在于人生的某个时期，像底盘一样地嵌合着只有那时才能拥有的所有缺口。我想起那时的自己总是摸黑在睡梦的边境里醒来，坐在床上安静地发呆。想起窗外冷空气的清冽气味，混杂着夜色即将褪去的某种气息，潮水般地涌进窗来。我会蹑手蹑脚地穿越过睡眠的家人们，在不开灯的客厅里扭开电视频道，在电视光管的摇晃中，开始做一些刷牙或梳发之类的窸窣情事。

我想念那样孤独的时光，在天色亮起来之前，我在黑暗的客厅沙发上蜷起身体，什么也没想地盯着电视荧幕里流泻溢出的 MV。那些影像伴随着电视机里发散的光晕河流般自我的脸上流过；那些歌曲都极伤感极惆怅极九〇年代。《天空》。《心动》。《恨情歌》。《我愿意》。《白天不懂夜的黑》。《诱惑的街》。《为你我受冷风吹》。听着听着就让人流起泪来。但我其实不知道自己为什么流泪。也许是年少的敏感与脆弱；也许是天亮的预感伴随着歌曲的消逝逐渐逼近；也许这客厅里的黑暗就像光圈般地从头兜拢包围了我，世界变得极小极小，只剩下自己和眼前的荧幕。而天亮像一匹白马从窗外走过，走过以后，家具、墙壁，还有我双手环抱的自己，便渐渐地在黑暗中清晰了起来。我好像在那些天亮前的歌曲里抵达了未来的自己，像做了一个三十岁的梦，手指的前端伸得好长好长，几乎要抓住了什么，那在梦中被我追捕的物事总是在指尖的前端，一碰到了边缘就要被遣送回返。

回到哪里？回到生活，生活里的我是一个十五岁的孩子，穿起制服搭乘一班清晨的早车去一个遥远的城市，在耶和华伫立的校园里读书。读很多书。关于地球的倾斜角度与星星排列，等边三角形的离散倾轧，右心房与上腔大静脉的路径图，中南美洲的气候与极地所有所有等高线轴。并且从未谈过恋爱。每天中午，我总是独自一个人到图书馆去，不是为了读书，只是不能习惯中午吃饭的教室气氛。我厌倦女生班级的午餐时间总是充斥着谁喜欢谁与讨厌哪个老师的话题，我讨厌那些必须在进食行径中反向掏出隐私以示交易的活动，而且我无法忍受各种不同的便当菜色混杂飘散在同一空间的杂交气味。这些都使我感到受伤。午间的图书馆只有一个很老很老的女管理员，她老得好像从有这座图书馆开始她就一直在这里似的。我穿越她那像是某种高地植物般的存在，在一排一排光影斑驳的书架间游荡。午间的百叶窗被阳光吃得一痕一痕，斜斜地晒进幽暗的书库。很薄很薄的光，摊在地上像水一样。在那介于光与暗的交界缝隙里，我发现自己的影子变得非常非常地淡。我忽然理解到，这个中午，这老旧的图书馆再也不会踏进第二个人了，书页的声音从墙壁的缝隙里窸窣地传来，我觉得自己变成了这个学校里的鬼魂，在魍魉之间晃荡。

我从索书号 800 开头的书架上取下了一本书，根本不认识作者，只因为书名叫作《追忆似水年华》，我趴在阅读桌上不很认真地读着，有一搭没一搭地，到现在我都还记得开头第一页的标题就叫作《在斯万家》。我根本忘记在斯万家发生了什么事，冷气运转的声音轰隆轰隆响着，我只记得窗外的白日好亮好晃好空旷，我转头注视着那曝光般的白色，蓦地感到心慌了起来。好像有人就在那白光的尽头端起相机对我拍摄，咔嚓咔嚓，使我反白，把我照干，将我照片一样地悬吊起来。我不知道自己会成为什么样的人，会到什么地方去，会在哪里过着什么样的生活，会遇见什么样的人。我忽然觉得非常非常地想哭，胸口和鼻腔都被什么紧紧地揪住。我翻遍全身所有的口袋想找到一个阴凉黑暗的洞口去摆放自己燥热的手指，却很遗憾地发现这条制服的裙子里没有任何的口袋。在那个手足无措的时刻里，我忽然极度极度想念起那些天色未亮前的黑暗客厅，和那首仿佛天气般反复播放的《为爱痴狂》；电视荧幕里的刘若英背着极大极大的吉他无谓地唱着：

我从春天走来，你在秋天说要离开……

我已经忘记那个中午，在斯万家的书桌上，究竟有没有掉下眼泪了。而流泪与否，或许也已根本不那么重要了。我知道此后将临的许多日子，我必会一次次地落下泪来。我必会。如同所有必将来临的天明。九〇年代白马般地自窗外走过，仿佛一个天亮。

天亮以后我就三十岁了。如此而已。

你打不开那只箱子，那为什么

要带着它过来？

就跟你一样。我不打开你，也

从来没有把你丢弃。

辑二 / 无风带

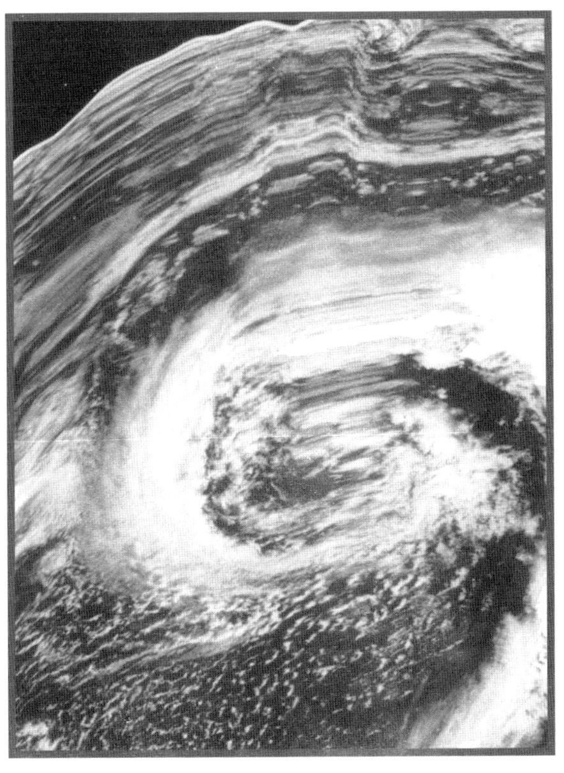

尺八痴人

有一天，那或许是九月，十二日左右，我走了一段很长的路，沿着一条河。到路所能被走得最远的地方去。然后我蹲下来，我觉得有一颗种子正在我的身体里面，像是产卵。那是一种千真万确的感觉。我确实在那个傍晚的河边种下了某种东西。可能是象的孩子。可能是食人植物。更多可能是大量的黑色斑马。我站起来然后试图说：好了现在你们都在这里了。我就回来。

睡梦时梦见战争。复杂的数学课，小时候我喜欢过的双胞胎哥哥坐我左边。他问我：不织布是可以吃的吗？我说我不知道。他又再问了一次，然后他把不织布吃了。各种时期的同学都在同一堂课上，而且维持着他们本来的大小。我被叫上台去黑板计算一个冗长的数学算式，有角度问题，有一个圆圈里面画着一个等腰三角形，三角形的顶点正好是圆心，有人以那颗圆心为中点画一朵花，用红色跟黄色的粉笔。我问旁边的人说：这是什么意思。旁边的人说：这是角度问题。我非常困惑。但我知道重点一定在那朵花。我绕过等腰三角形。教室的外面应该有战争，但或许是化学课，有烟雾不断产生，有调配的气氛。我不知道该不该再计算下去，但下面的人都很安静，而且可能我不会知道那答案，我一直在黑板上绕着圆心画出更多的花瓣。

睡醒以后已经傍晚。原来是午睡。而且原来一天又要结束，落地窗外的白天像一面刚漆好的墙大片溶进地板，我抚摩着棉被，把它当作一只忠实的狗顺着它的毛抚摩，然后我抚摩着自己，手臂，小腿，脚趾，脸颊的肉，还有骨骼的正确性。我尽量安静屏息摸过每一根骨头，包括它们的转弯以及它们的笔直，那转弯像是一个轴，那笔直非常固执。我意识到：一个箱子。我意识到：火柴棒组成的盒子。然后我才意识到：是我。我惊讶“我”非常之小。我可以感觉到它几乎是火焰，而且是火焰里最小最小的蓝色。对。它是蓝色。接近黑夜。极可能是一种午夜蓝。

窗外什么战争也没有。包括车祸。有时连一场平静的碰撞也非常奢求。或许战争在更遥远的地方，而所有的饥饿都是传说，我是这样极简洁地生活，每天喝水，使自己透明，又总是忘记在旺季旅行。有朋友终于去了英国，从遥远的城市寄来明信片。东伦敦到处都是亚洲人，住在左边公寓的阿拉伯人，每天早晨都要起床向东膜拜，窗帘绘有大象花纹。住在楼下公寓的韩国人则一天到晚都在吃泡菜，经常出发去一个边境的中国超市买回最多最多的高丽菜。窗台对面的小酒馆整夜都不停地演奏印度音乐，我到底是在伦敦呢？还是在阿富汗？我们是在国中课堂上那种十二岁还需要分组焊接一个工艺课的门铃线路或锡铁制品的年纪中相遇。我多么讨厌工艺课因为始终无法明白用木条与白胶到底为什么能够做出一座铁塔来。它们老是颤抖歪斜到最后又全部一起“哗啦哗啦”地倾塌摔碎。我老是做出一些极平常且令人不知该如何评分的东西，比方说桌椅，比方说板凳，那些简单方便又极便宜的四方形，如同三角铁（我老是跟小学音乐课中被分配到三角铁的小孩成为朋友）。但我又如此喜爱那些锡，那些液态的锡，在焊枪里被一颗颗打出如同水银落地，缓慢冷却变成固体，原来门铃的肚子是如此美丽，几乎是蚌，有珍珠在缓慢生长（因此它被命令在一个下午的邮差拜访中发出音乐也就不令人吃惊了）。我们都还很小，穿上新买的制服，衣褶硬硬的还在那里反抗骨骼。我们围在雨天的工艺教室的讲桌，看卷头发的工艺老师“咔”一声剥开某种寻常电器，一个随身听，一排镶有挂灯的木板，一个简单的八音盒。盒子上还有跳舞的芭蕾舞者踮着脚尖，一只脚伸展向后，另一只脚独立地站着。老师说：这是一切。老师又说：一切就在那一切的下面。他旋转芭蕾舞者，原来芭蕾舞者是一种栓，八音盒散开，里面充满齿轮跟线路，还有一个金属小盒。我拿起那个，在耳边摇了摇，什么声音也没有。

长大这件事是一件很奇怪的事。好像有一个时期随时都有人在提醒你最近又长高了多少，并以此给予你赞美（多么容易的赞美简直每天进食运动游戏又西瓜般变大即可获得，像收成后那些田里大片大片不要的西红柿）。嘴巴里的牙齿吃再多糖掉了也都会长回来（原来我是曾经如此挥霍地吃着那些糖又如此懒于刷牙，如果我们的牙齿都会不断地长出新的来，我们还会每日早晨起床重复那荒谬的刷牙动作吗？那简直是喜剧，如果刷的是假牙那就是合法的喜剧）。突然有一天它的节奏就慢下来突然它像一棵树的指尖所能碰到的最高最远的天空，就在那里停住了。我突然变得这么大，像一个太大的箱子，箱子里的三颗苹果好像曾经被谁取走过一颗两颗又放了回来，还是保持三颗。一开始那箱子很小，苹果几乎以为自己就是箱子，但极可能有人偷偷换过了箱子，在夜晚在一个黑暗衣橱在某种熟睡时刻，于是每次搬家我是如此害怕衣橱里的陌生动物，那可能极黑，或许是一种蒙古人的大象，渐渐把你变大装箱，又渐渐在睡眠里把你运送到远方。我们渐渐搬离原本的城市，去到一个陌生的地方。

我记得小学的同学里有一个女生，她们家就在我们住的那个小镇转角的街上，离学校很近所以常常赖床迟到，爸爸是花莲人所以后来搬家转学又回去了花莲。我们常常一起写作业，在午后亮晃晃的巷子里不停穿梭地骑脚踏车。那是一个充满巷子的小镇，简直这些马路上的店家跟骑楼都是假的都是单面的可以随时卷走，都是为了掩饰它们背后那个庞大的迷宫。那些巷子都极窄简直鹿港摸乳，蓝色铁卷门的下面坐着一个老人，他的脸爬满皱纹像某种猫而且极疲倦。那些午后都很炎热都充满午睡气氛，你几乎以为整颗地球都像一种皮球慢慢静止全世界进入某种催眠符咒。只有你们的单车“咔啦咔啦”压过那些转弯。那些永无止境的转弯。后来我到花莲住了很长的时间，有一天在美仑坡上看见她穿着制服骑脚踏车，而且竟然正在转弯上坡，那转弯极正确，正确到令人不疑有他，我立刻骑车去追，在第二个红灯过后我才想起来，我已经二十岁，而她一直都会只有十一岁。

我不知道为何我如此经常梦见侏儒。在一个马戏班。有象，有狮子，有很多火圈，有一个印度头巾的吹笛者，还有空中飞人。他的披风是深蓝色，他的腰带极亮，他首先走过一段钢索，然后他“咚”一声掉下来。我无法知道他后来究竟怎么了，有没有顺利抵达另一段钢索，又或者其实已经直线坠落，梦中的我非常担心。舞台灯光慢慢变暗，动物排成一列（它们长短不一宛如某种手风琴管）。一个侏儒从舞台的右方走上来，坐到灯光下。所有的灯将他聚成一个黑点。那简直像一颗逗号。那就是他所能做的唯一一种表演。

我在静止中醒来。在某种停顿的逗号中戛然惊醒。静止，全面的静止，有时比噪声更能使人苏醒。房间的地板似乎还有流浪马戏班扎营后所留下的灰烬，一个侏儒坐在那里，戴着高高的圆帽，穿条纹上衣，用手捂脸。我喝大量的水而我慢慢感觉我正在慢慢苏醒，我慢慢醒来然后我慢慢想起他的脸。

我想起小时候喜欢的双胞胎哥哥。是十一月生日的小孩。发色很淡。瞳孔的颜色也很淡。有一个跟他长得一模一样的弟弟。不常说话所以不记得他的牙齿排列方向。但笑起来的样子却很清晰。有一年的春假旅行作业只有我们都写了阿里山，这件事让人很高兴。我经常打电话去他家假装要找他爸爸只是为了听见他的声音，当他说他爸爸不在家的时候我就好开心，我说谢谢然后我挂断电话。整个小学的下午记忆有一半我都在打那个号码，说出一个烂熟的姓名。十二年后我才知道那个从来也没有来接过我的电话的陌生男子，早就在一次瓦斯气爆的工安意外中成为唯一的死者。

我看到马戏班。马戏班连夜流浪到我的睡眠，升起营火进行表演。我看到空中飞人不断转圈，从一个钢索吊上另一个钢索，“咚”一声掉下来。我还是不知道他究竟发生什么事，有没有好好活下来。我看到狮子老虎都不断地跳着火圈，那些跳都极富技术性，像游乐场里的旋转木马总是极轻易地跟上任何一种旋律当作奔跑的背景。然后我看到侏儒。整排的侏儒，站在河堤，一字排开都是同一张脸。我感到有点沮丧，但又同时感到一种神秘的力量。我想起在各种不同的地方，那或许是寻常酒馆中最缄默的卖艺者整个晚上都拉着他的手风琴，或许不过是台北地下街拖着一条烂腿的乞丐因为获得五元施舍而就极愿意与你交换的一句耳语（多么昂贵的五元啊，我因此重新尊敬资本主义，它使所有的秘密都藏在最卑贱的那里），又或许是吃茶店早餐邻座的陌生男子放下早报走过来敲敲你的桌面（他戴着令人困惑的苍蝇大墨镜），他们说：有没有人跟你说过，我好像在什么地方看过你？

但其实我只是一个人在这里，在一个寻常傍晚的午寐中醒来，在更远的荒地中被急速地遣送回来，回到生活。窗外是河堤，侏儒队伍早已从梦中跑开，一哄而散，像另一个梦里的花瓣不断在离开它的圆心又不断回来。我在一个陌生的城市，读陌生的书。书名好像是一句法语，念起来像一只鼻子，我念着念着就觉得自己变成一只大象。但那句子从来不会把我变成大象，我知道只有声音会带我走得更远，走过一个梦，甚至走回童年。我突然就二十四岁了，背起行囊搭乘一段便宜漫长的国道巴士进入一个城市，离童年的居地极远，而且从不思考未来。一年之后在哪里？在西藏？在巴黎？在东伦敦的贫民区听一整晚的印度音乐，然后钱花光了再拖着沮丧的步伐回来。或许哪里也没有去，或许我一直待在这老旧河堤边的一所小公寓，每日喝水使自己透明又继续变成一棵树在夜里旅行。做梦。做梦的意思有时候是：做梦。有人会说唯一能给我启示的是我的梦，但我是如此讨厌启示这个说法不如说白费，我比较愿意说我是一个布偶破了一个洞一边行走就一边从肚子里不断掉出棉花屑。那布偶极爱转弯，那转弯的弧度极美，那倾斜就是一种正确，那棉花屑，沿路不断掉落就宛如秘密的雪。

仍旧维持某种孤僻生活。每周不交谈三名以上正常人类。但允许马戏。偶尔会因错过一天一班唯一向东行驶的电车而莫名沮丧。去英国的朋友打昂贵的公共电话回来，在一个嘈杂的地方。电缆埋进海底绕过半个地球，话筒里发出噗噗的声响。那是什么？是一只误闯海底电线的水母正在练习用声音换气？是整锅九月的海水都滚了都烫了都正在煮沸？或许其实不过是投币。硬币的声响越过七小时时差掉进话筒最底，一分钟的声音原来价值一枚英镑，时间与话语当下银货两讫，事物之重量如此明朗干脆令我完全信服得五体投地。

她说在雨天的地铁看到一个东方女子穿黑大衣，长长的马尾宝蓝色围巾，五官跟我完全相同。我说你知道我有多常听见这种事，这几乎已经变成一种传说。简直我总是要怀疑是不是在一个月黑风高的夜里我就出发去一个陌生地，产下大片大片相似的孩子宛如复制人再把她们通通都丢弃。我可能在一次十岁的迷路中就把一个十岁的我忘记在那里，然后我完全不知道那个我这些年到底干什么去了，变成银行抢匪鸳鸯大盗中的其中一员所以总是蒙面？变成旅行者一个国界一个国界地穿梭到最后终于成功地消失在地面？又或者变成这城市的任一女上班员总是在早晨八点四十五分的地铁车厢“啪”一声把高跟鞋的鞋跟踩碎？地下街的尽头有一个吹洞箫的人，头上戴着大竹笼，脸孔完全遮蔽。旁边的招牌写着斗大四字：“尺八痴人”。我不能明白那意思，但也就困惑了也就都兴奋了，像中学时代的工艺课剥开的一颗门铃或闹钟，发着祖母绿的光，所有的零件都在诱惑我进去一座森林。我踮起脚尖走过一棵齿轮树，遇见一队侏儒队伍，侏儒队伍戴着竹笼一字排开，从第一个开始掀掉他们的头盖，十岁的我，十一岁的我，十二岁的我……二十岁的我，三十岁的我，一直一直排到森林的尽头。

时光队伍。

时光队伍在白天鸟兽般地散开，在梦里成群结队地回来，在睡眠里围着营火齐声歌唱，然后在苏醒里被全部遣返。

遣返，回到生活，生活像是第三个梦。一段火车的翻覆，六个小时，三百五十公里就来到另一个城市。六小时前的我在哪里？在一个滨海渔村的小村庄等待一辆几乎是骆驼商队的巴士？在一个华灯初歇的南方港镇跟同是背包客的旅行者交换一个眼神？秋天的微光斜斜编进冬天的针织，记忆在尽头的道路起伏涌覆，像一排拉开的剪纸。有灯的地方都有路走过，没有灯的地方路也还在继续地走。一双鞋磨得好烂走过了海湾也走过了矮山，走到过烧灼也走到过清凉。

而路是没有尽头的。像一个小孩拉着另一个小孩终于会到达第一个小孩所遗忘的地带，我扎起头发离开午睡的公寓走一遍九月的河堤，把路走完，把鞋走散，身后一排长长的斑马队伍都是我不断流亡的马戏班。

河堤的尽头是傍晚六点钟的动物园，有长颈鹿烟囱，有人穿着大象布偶，关门前的小孩一个一个围上去跟他握手，齐声道别：大象叔叔，明天再见。声音团结宛如一种大鼓与锣的游行行列。

沿着路回去，回到夜灯高挂的食街。所有的人车都在这里滞跌，所有的生活都在这里摔成一堆。好繁华的街一整条灯如流水，好勇敢的灯已经撑起一匹黑夜，好辽阔的夜又淹过来整条的街，每一间餐馆都人声鼎沸。我往下行走，譬若夜游，宛如沿途卖梦。

所有的秘密都密封在梦中，但所有的街都早已成了梦。做过的梦像这街上一块一块的纸屑，杂乱无章又井然有序地不停地往下排列，她所见过的我是不是就埋在这一条街？终于有一天，年少的我也会沿着整路的纸屑散步回来，抵达现在而与我重逢？随手写下的一个句子：

“她是一只失速的水母令所有人惊讶！”

丢在地上掷地有声，变成卦象指向遥远的未知。未知，而总是将要抵达的，第三个梦。

秃头女高音

我总是在公交车上遇见那些女人。那些初老的女人。那些初老的女人爬上车来时，公交车的日光灯管“啪嚓啪嚓”地闪了闪。是夜间七点钟那种除了吃饭不知该做什么好的时间。车厢空荡荡的。你想：这是一个女人。这是一个老上班女人。她们的前额都秃了。

我从没见过女人那么秃。发旋那么大。像一个嘴巴。可她们看起来都并不是很想的样子。你想不出她们会有什么特别想吃的东西，想逛的小店，想买的衣服。正确地说，她们不是极饥饿就是极洁癖。你总想：一个老上班女子。好像从年轻起就很熟练国税局的报账作业或法律规则。戴藏青色袖套。躲在一方荧幕背里这边打打，那边敲敲。指纹磨得很平很平。穿假皮包鞋。终年背同一只灰咖啡色 GUCCI 手袋。她们老搽同一色的口红让你以为她们其实私下有某种串供，类似都去上了初老学校礼仪课程。你总想：这是一个初老女子。她没老到需要被你起身让座。你想：这样一个初老女子。女子老了以后都纷纷变成了男子。你老是想：这样一个像男子的初老女子。她这么老了还要工作。她好像从来没用过她的子宫。

我也会有那样的初老时光吗？我从年轻起就独自居住在不同城市的各种房子里。在河边的公寓时我曾想过也许一生都要住在这个房间里，晨起目视着落地窗外流淌的河直至老去。那是一个很小很小的房间。我在那里面度过非常安静的几年。结束了硕士论文，并且开始博士论文。房东是一个中年女子，从不曾来过。我曾想过我会在这个房间里慢慢变老，老到我终于要离开这座房子的时候我会再见到她。那时她变得更老而我已经是一个初老女子，仿佛这中间的几十年全都不存在。我梦想着这样的见面到来。后来我终究离开了那座房子，因为房东先于我的初老把它卖了。“我要到塞尔维亚去了。”最后一次见面时她说。“塞尔维亚是什么地方？”我忽然发现她已是一个初老女子。

到五十岁的时候，我还会在这个城市生活吗？成为那些夜间七点钟大量出现的初老女子们。发线退得太高于是就索性成了光头。一直独居。偶尔和不结婚的同志友人见面吃饭。抱怨皱纹和体脂肪。谁谁谁听说艾滋死了你知道吗。老到一定程度艾滋就跟 Cancer 没两样。喷嚏感冒似的老 Gay 与老女。然后也在工作。又老不到可以退休的年纪。仍每天都在学习新的计算机系统。

据说女子的耳朵愈老愈听不见低音，于是她们不再听见男子的话语。她们的声带随着这种构造拔得极高，终于将只能听见自己与海豚的声响。夜间七点钟的公交车上，我忽然就理解了整个车厢，为何如此静默。如此针一般的静默。

辩术之城

后来他就不再有信来。

从前的信和水电单堆在小小的信箱里，满满的，好像在说：都收到了。

最后一封信写着：上次绕路经过，我好像是专门写给那只信箱的。

其实写在百元折价广告单的背后，他自己就是邮差。

他后来就不再有信来，“因为你先选择了沉默。”他写着。有责怪吗。有的我想。我很高兴他先责怪了我。因为我对谁生气都不够合理。而他最要求公平。

我想要写一封信用百元折价广告纸，开头要说：“你不知道光的下面其实也就是沉默……”写了两行又揉掉，有时说话也不能够。书写也不能够。如果可以揉掉夜我也会那么做。

常常失眠，而梦又做得不够多。

不做梦的时候感觉好像从来没有睡过，感觉时间不再有断裂，我说我二十二岁以后就没有做过梦。

中午的时间我在天桥的下面等一颗红灯，撑伞的女人站到我旁边，伞上的雨水滴在我的鞋上，好像在说，很远的地方有一场雨。

好大的城市。

课还是上着。我每个礼拜走这样一场路口穿越天桥去上只有十个人的课。

太初首先是气。书上说。

另一个人发言：太初首先应该是分离……

蛛巢盘踞的研究室却好像是从太初开始就在那里了。必须转很多弯。我每次来上课都觉得掉到这栋大楼很深的地方。在很深很深的井底。爬不出来。而且拼命挥手呼喊。我觉得孤独的时候就会变得这么吵。但即便喧嚣也是默写的。我安静地坐着。抄笔记。或者转笔。沙沙沙。我的老师他已经很老，老得好像我只参加过他的老那样，有人三十岁的时候认识你，他就永远不会知道三十岁之前的你，你爱过什么人恨过什么事，你偷过什么你把谁搞丢你又背负起什么东西。那变成一种秘密或者房间之类的东西，上了锁，而且钥匙永远遗失，永远不见。秘密是最好的钓饵，永远有人会走过来说：我需要知道。我需要。（他永远也不会知道他钓到的是一只鱼或者雨鞋。）我很幸运他已经六十岁，我什么也不想知道。有没有人从出生就老成这样？我很想问他从什么时候开始就没做梦，我二十二岁以后就没了。

报告论文进度的时候我尽量让声音变得镇定。二十二岁以后我们好像就一直在练习镇定这件事。要习惯被丢掷，问题或者石头，都要。镇定。而且练习回击的能力。

有一次我说我觉得我们在做的像是一种说话术的发明或者什么，我说我觉得这些堆砌不一定就像我们所想的那样真可以往上盖出一些什么，当然我说的不是楼房或者大厦那些，或许是巴别塔，但也可能其实不过只是一支电线杆，我自己也不够肯定。而发言的位置或者立场是必须的吗？

但是当我说完的时候我觉得很沮丧，因为他们全无声地将瞳孔转向我，二十几只空空的洞。好像在说：现在说这些有什么用。

后来我就不再说。我已经参加了这场辩术太久，而且从来没有一次全身而退。我有什么资格说这些。

刚进来的学妹很认真地问我：找资料是必要的吗？要怎么念完这些？或者怎么知道该念些什么？格式应该这样应该那样怎样才对？我说你觉得对就对，你觉得在哪里得到了东西就往哪里去。我说。要不然只是口吃训练班。我一说我想要工作了他们就强烈阻止我。我已经念了太久的书。而且厌倦这些。像是看了太久的魔术表演那样你会知道他们不是真的吞火。真正火过来的时候你会烧伤。会痛。会哭出声音来。日子久了会做噩梦。可是我二十二岁以后就没做过梦了。他们说你会搬砖吗我说我很有力气。我真的很有力气我可以一个人组装衣柜进行搬家的工作。他们说我不是很懂你在说什么。但其实会艰难很多。

又开始一个人生活。搬家以后没有给人住址，我每天早上醒来都在等第一封寄来的信。

真的有一天寄来一封。妹妹说姐姐我要嫁了。怀孕的事妈妈知道了很生气。可是没有打我。我们没讲话三天。后来她问我要不要嫁了。

我首先写：“怎么会知道我住处。”又觉得是无关紧要的，把信揉了。

开头写：“你还好吗身体还好吗。过几天回去看你好吗。秋天结婚比较好因为衣服很漂亮。”

过很久都没有再有回信。

冬深一点的时候我开始一个人走路。买水果。采集红绿灯。

没有一个撑伞的女人再来跟我一起等，整个城市都干干冷冷。

有做一个梦，梦里他过来按我家的铃，戴着口罩。我问他为什么奇怪模样。他拿下口罩说他病了。

“我这里，”他取下罩布，“没有了喔。”口罩下面便是大片完整的皮肤，再也没有那个洞。

“你若还有别的不要，我也可以拿掉。”

我惊叫出声。醒来以后一片汗。

或许梦里我说得比较多了。所以他比较了解为什么。但我没说过希望他安静。也可能我是有说的，只是连自己都不知道而已。又可能每个晚上在梦里我们太常对簿公堂了，醒来以后就坚持要忘记，坚持说：二十二岁以后就再也没梦过。

收到第二封信写着姐姐已经冬天了，去算了八字春天才要嫁，衣服很美但是肚子很大，应该秋天要嫁的。

我写说很高兴很高兴我们都很高兴。宝宝还好吗你还好吗。突然又不知道该写些什么。我写现在是阴天。不知道为什么这个冬天干成这样。这里的工作快要告一个段落。每天我睡醒。刷牙。挤牙膏。开冰箱。喝牛奶。然后开始长长的打字工作。每天我用键盘练习弹钢琴。真希望会有一段音乐。如果写完这些会变成一支歌我会很快乐。如果有人愿意唱我就会快乐得睡不着。你还好吗还好吗。我每个礼拜去那个井底般的大楼深处一次跟十个人报告我的进度。

下一个。我的老老的老师每听完一个人的言说便说。下一个。好像在叫：下一个。凤梨罐头。下一个。西红柿罐头。下一个。

下一个。

然后就是大片的沉默。不再有言说。

就像我给他写的：“你不知道光的下面其实也就是沉默。”却没有寄出去。

光的下面真的就是大片的沉默。以前有人在诗上写：沉默收割耳朵。

那才是痛。

又坐火车去了疗养院，因为太久没有去我觉得他会很寂寞。护理员和疯子我老是没办法分得很清楚。有时我去也穿和他们一式的浅蓝色衣服，疯子也分不清楚我。

很安静。大部分的时间他们很安静。钟声响大家就纷纷围到天井的中央排队取水领药喝。走路的时候衣衫摩擦衣衫。沙沙沙。除此之外就没有别的。

光在那里陷落。沉默也在那里陷落。

但那个天井却太像一种笼。养着一队马戏团。或者要他们表演吞火那真的会痛。一列无声的。展示柜。

我一靠近铁栅他们就从里面围过来看我。看住我。好像在说：请来。请来我空洞的眼里。请来这里面歇息。

“要找谁？”偶尔会有这样的声音从那些眼睛的后面传过来。

我一说要找刘坤进他们就骚动起来。

“三一九室那个吗？”他们指给你。有人开始在铁栅里喊：刘坤进外找！刘坤进外找！好像喊着：凤梨火腿叉烧饭一盘！

我大声问他耳朵有没有好一点，他就摇摇手说：听无啦。听无啦。我指指嘴巴他就张开给我看，都没牙了。

五官和他们都像，比爸爸的爸爸年轻，比爸爸瘦很多。我的爸爸好像分裂成三个。

爸爸的妈妈死掉的时候爸爸来告诉他：坤进我们的阿母不在了。他摇摇手说：听无啦。听无啦。他就走过去他的耳朵旁边大声地吼：阿母——死掉了——坤进仔——阿母死掉了——

声音消失以后四周更加沉默。他看了看我。看了很久。好像从来没看过我那样地。看着我。说。听无啦。听无啦。

阿母啊死了。坤进啊！

尾音渐渐沉寂。空荡的天井。回音交叉撞击着墙壁。没有光的所在。听无啦。听无啦。

要回去吗。不要住这里了。回去潭头好吗。不要啊！真的不要吗。一直摇头。摇了很久。听无啦。听无啦。

又有一个习惯是吃东西要吐痰。吃一口吐一口。我带着大卷卫生纸和食物去东部小镇的疗养院看他。有好好刷牙吗。有吃饭吗。有人欺负你吗。

又买了一顶藕色毛帽在小镇外面的市场。要他戴起来。要他把耳朵塞起来。帽檐压得很低很低。我把手抱在胸前做出瑟缩的姿态说这里的冬天很冷吗。一定是很冷。他戴上毛帽学我的姿势不断点头。很冷。很冷。耳朵装进袋子。听无啦。听无。

拥有不是一件容易的事，连掌纹也有它自己的路要走。鞋是那么容易被脚带到遥远的沙滩，可沙滩也终究是要翻覆的。有时举手也是困难的，投足也是困难的。沙滩上的鞋印就是我们的卦象，一排左脚通到明天，一排右脚通往昨日，但我们也不一定就是现存。

回到城市去上另一堂课。他们说这个时代都是坏的都在腐败。谜题还没有出来谜底就已经先拆。另一个人说后退是可能的吗。无穷的后退最要紧必须有出口。必须转圜。没有空间就什么都不必谈。他很激动。很需要冷却。我转笔。沙沙沙。纸张摩擦笔端的声音。沙沙沙。

痛楚有时撞击。但很快消失。因为后遗的力道无所不在。我有时便感觉晕。

或者我是一个没有谜题的谜底。我尴尬地站在原地等痛来袭。

等他们说：好了现在你可以动。

我就动。我就对着他们做出解答的动作。我就现身。

谜题一直没有来。

又或者那老早悬吊在那里，是我迟迟不肯靠近。不肯靠近。那个黑暗房间。

以为不必触摸就没有事。

但光的下面也就是沉默。一点一点被沉默淹没。听无啦。听无啦。我们四下寻找我们遗失的洞。或者其实有钥匙。谁也不肯动。

夜里醒来的时候我推开房门，她在摇晃的黄色小灯厨房里背对着我。

看见西西吗。我问。它不在它的笼子里。

她站起身去把冰箱门打开，冷气大量大量地流出来，像是干冰。她说它死了我不敢告诉你，就把它冰在这里。

我安静站立。在黑暗的内里。沉默而且冷冻的世界。兔子西西和猪肉牛肉睡在一起。

她后来就去看了精神科。有人听她讲一些什么，精神科医生的美德就是听人讲一些什么，做一只优秀的耳朵。拿了红的绿的药丸回家吃，吃完了便趴在牌桌上睡着，一人麻将她睡了也还是一人。不会散。

也还是胡。一人分饰四角高兴什么时候胡就胡。

“我牌品很好我打三四百。”睡醒的时候搓麻将，麻将和麻将在空空的桌上碰撞，发出音响。

妹妹怀着小孩来跟她一起住，她们每天一起上市场，买很多肉，冰在兔子西西住过的冰箱。又买了一大袋红枣，买红枣要过很长一段红绿灯。她们沿路把采集的红灯也收进红枣的袋子。

又有一些时候打电话来，我正在论文堆里焦头烂额，思路好不容易连贯起来，“啪”一声又断掉。她在电话那头说：他们又来讨债。声音像是僵掉。

你告诉他们刘先生不在。不住这里。他已经失踪好久。

可是没有用。又一日在图书馆里接到电话，我压低声音往化妆间快速走去，收讯不好的缘故她那里的声音一直很微弱，而且断断续续。我说你说什么我这里听不到，再大声一点，再大声。

后来电话就切掉。过了两三日才打来。说这次丢了一颗土制炸弹在屋棚，“砰砰砰”炸开一个花。她们连夜搬家。

但很快搬回去。她在别人家的床上睡不好觉。

吃很多安眠药，有时睡得像是死了。妹妹摇摇她的手像是把她从很深很深的地方捞起来。妈妈醒来。妈妈醒来。

醒来以后总以为睡了很久，原来不过是一夜的事。没有吃药就梦见爆炸。像是从心脏那里爆开的声音，很深的裂缝打开，痛痛地流出来。

很痛很痛。不是魔术表演。有时我们真的吞火。兼职的杂志社写了电邮来。说这些东西通通都要改。吉卜赛人代表什么？地下铁又代表什么？七楼的茉莉为什么必须七楼而不是六楼八楼九楼？跳得太空他们就什么都不懂。就只会说：不过都是符号罢。我很想说所谓符号也不过就是盾牌，你真的被烧过炸过烫过你就压根不会想要碰。根本不会特别想要让谁懂。你们不懂只是因为，你们没有比我更在其中。我书写不是为了我表演，又或者我是表演罢，是因为我不愿直视那伤口。

彼语寂灭者，往而不返，徇生执有者，物而不化。

以言乎失道则均焉。他来跟她一起挑婚纱，挑最大号，腰那里不能挂钢丝撑蓬，因为怕伤到孩子。也不能穿缎面那太贴身，婚礼的时候必须撑黑伞。穿平底鞋。她生气着说那到底有什么是可穿的。这也不行那也不行索性不嫁了。

又坚持不肯让他参加婚礼。他欠了很多钱但有时会回来睡在他房间。她哭着要把他赶出去。说结婚之前再也不要看见你。把我们害得不够惨吗妈妈现在每天吃疯人院安眠药你现在自己在哪里逍遥。他也在场抢她的扫把，说你不为自己想好歹也为了孩子想。她蹲下来大声吼叫像一只兽一样。妈妈对爸爸说我请你出去。

他真的结婚那天才出现，像客人那样走进家门西装笔挺，亲友们围上去说：恭喜！恭喜！亲家公。吵闹的八音在收音机里敲锣打鼓。她在房间里拉她卡在腰那边的拉链。闭气。闭气。再用力一点。对再闭气。孩子在羊水里缩得很小。所有的仪式一开始就是咬牙切齿。

毕竟只有十九岁。肩膀很小力气也很小。没有离开过妈妈没有一个人搬过家。翘家了就打电话来说怎么办我很想哭姐姐怎么办。也曾把头发削得很短很短像个小男孩。亲吻女生的时候就意气风发威不可抑。但夜里常常失眠常常睡不着。做很多梦。

如何再要求多一些。如何再。如何。

结婚以后的一日收到她的信。说琪琪嫁了家里很空很大很害怕，一起上街买的菜快吃完不知该不该还再去买。洗被单的日子一个人钻进被套拉平四角，棉被很厚很重一切变得很不容易。一个人住像是提早老去。我写信说会习惯的我也已经一个人这样久。我一个人提很重的一周份食物走长长的路回家冷冻。

然后生了一个孩子很爱哭没办法离开她。她去帮她坐月子抱着他哄他睡，说你妈妈怀你的时候四处躲炸弹所以你才会这么怕。摇晃他。我可怜的孩子。我可怜的孩子。像在说给自己听。我可怜的孩子。

相信的意思是：交予心而不交予身体。

但身体也就是边界，我们如何交谈关于相信的话题？痛楚那样真实地来过，每一步每一步都扎扎实实踩在我们的伤口。

“很痛很痛。”但必须缄默。“你还可以吗？”“我还可以。”痛的时候就感觉存在。不会幻灭。存在的围栏。存在原来要用疼痛交换。

身体寻寻觅觅。身体伫立良久。

安慰来得如此迟缓。

爸爸的爸爸老了以后也聋了。两只耳朵挂在脸的两边像是哭涡。废弃的器官，找不到存在的理由，所以身体就会渗出许多水像哭。

“要尿吗？”你就扶他起来尿。尿斗笔直站立。尿斗张嘴等待。性器老了以后就只是皮肤。就只是皮肤它皱它排水它是毛孔。

交谈也要压低音调提高音量。聋人的耳朵都重低音。

很低很低。接近平面的低。话语最终的依归。我们可抵抗的原来仅仅只是地心引力。

听不见以后就很爱讲话。像对着遥不可及的墙壁一直打壁球反正永远听不见回音。无可交换。既然无可交换为何如此专注？井很深水桶的绳就只好不停地放，找不到停的理由啊废弃的井什么时候丢一颗石子下去才能掷地铿锵？

突然又问起失踪好久的爸爸坤丰仔去哪里这么多天没回来？警察大人有来过难道伊是被抓去关？我低着嗓大声在他耳边说无啦无啦是来查户口你宽心。炸弹爆炸的时候照样听不见。但就被震醒。像从头到脚被电击。被鞭炮燃放。以为不是死到临头在CPR室被两根熨斗连人带床拔起，就是灵魂在睡梦中远行了几十年几千里，三十岁的大水翻了他的床。

听不见但身体还是很敏感。没有了耳朵任何疼痛都像针毡。很细微但很激烈。

投石问路。

如果月光也能使我们逼视石子的真相。我们的步履就像猫。很轻巧九死一生可以照样很轻巧。

“倘若叙事无论如何勉强进行，必然要改变它的手法，它的叙述线性开始碎裂，而以碎片、谜题、简略、未完成、紊乱、罅隙……为成分，续行铺陈。在其后某个阶段中，叙述者和原本应为其提供支持的环境，再也无法维持其身份认同而停止叙说，并继之以极致的文体强度呐喊或描绘。”

叙事在主题呐喊之前让步。克莉斯蒂娃如是说。

那即是诗的暴力与沉默。

因此我停止。我停止钟面的转动。日与月的分岔。字与字在稿纸的格上追逐。强壮的夸父们狩猎回来，摊开双手却空无一物。

身体寻寻觅觅。身体伫立良久。

最后就来到这样的时刻，他静默了好久，终于还是摊开桌面的纸。一大片都是白，像是一滴一滴柠檬那样滴出来的地图，路径总是在烤火之后。

这样不行。他很艰难地开了口：你要先相信你相信的。声音像是这井底大楼般的小石，很微弱的回音传来，敲打着耳膜。

你无法相信就无法书写。无法书写甚至无法存活。人总要选择一种姿势站到老死。你不相信你当初何必踏上这途？他说。说得很快很急。像责备，像研究室墙上的挂钟两支针摆快速竞逐，分针责备秒针。

但如果我无法确知我相信的是什么，我要如何相信？“最要紧的是必须有出口，必须转圜，没有空间就什么都不必谈。”爱很远，事物却这样近。海德格尔说：“唯有聆听。”

身体不说谎。

心被遮蔽。烟在烟灰缸里扭曲。他的脸在他的烟雾里渐行渐远。消失不见。

心是辩术。

锋锐的辩术在城市里流窜，有时像是纸张的边缘，软的刀子，切进身体盗走一些什么器官真是不留情面。车刀纸刀这样流血。这样流血以后会喊痛。会哭。然后再度相信谎。残缺过的终究还会再长，心和身体各自承担。

但安慰总是来得如此迟缓如此静默。像光。

一直到最后才肯把他的信从去年的那一叠水电单里拣出来读。很深很深的蓝墨水，每一笔都像沉重的印刻：

“如何我竟来到这个黑暗的地带？”如何？如何？

沉默在大陆棚的下方。阒深而黑暗。深海的波长深不可测。传声多么困难。探问多么困难。鱼不说话所以水草也不说话。静静吃与被吃。痛与不痛很简单。

光的下面也就是大片的沉默。我一直不肯给他回信。因为我就是那光。我的下面也就是沉默。草原般的沉默。无话可说。风吹草低见牛羊。

一个朋友的信也夹杂在水费电费单里埋没，去年的信，没有被挖出来，在水电单的数据里说，上班很累办公室的人很无聊她们每天讨论如何艰苦如何为爱牺牲如何做死做活帮男朋友缴卡费。如何买早餐接送上下班生日吃大餐可是你知道她们的男朋友都长得像刘文聪。她说今年申请美国研究所失败了考上的同学们怕她伤心不敢跟她说。跟别人讨论别人说你就打给她们说要去庆祝好好恭喜她说不想。别人说只要上去十分钟就可以了不会很困难。别人还说很羡慕考上的人。

你觉得人都可以变成自己想要的那种人吗？她说。

下一个。西红柿罐头。下一个。凤梨罐头。下一个。下一个。他们点头如捣蒜。

我是亮晃晃的谜底。没有谜题。

终究还是把那些质疑与被质疑的写完。无法不写完。因为无法完全割舍痛与不痛。又或者痛与不痛其实很简单。我是一株水草我等待鱼群。我是一个谜底我就等待谜题。我等待。

夏天快要结束的时候，开始收拾。最多的是书，装了八大箱，一箱一箱搬到便利商店去。很吵的书本在箱子里被堆叠在一起，像交谈，像一列游行队伍我们就要出去远方敲锣打鼓。然而胶带大卷大卷地撕裂，封箱以后，终究也是要沉默的。西南来的季风刮过街口。有一个孩子快速奔跑。很快不见。古老的研究大楼像井那样深。每个不同的椅子都坐着一个人。没有人是错的。

下一个。西红柿罐头。下一个。凤梨罐头。下一个。凤梨火腿叉烧饭一盘。下一个。下一个。

书架空了以后四周便安静。好像没有久居之地。一切的定义终将沉寂。我想沉沉地睡去但也不能够。没有了梦以后时间就再也不会断，它要你一直往下走。下一个。下一个。苍白的脚指头。

所有的辩术都被阻挡在门外，所有的敲打都终将微弱。键盘和键盘彼此咬啮的声响，窸窣地交谈。痛楚像海潮来了很快就退掉，沙滩上面什么卦象也没有。只有沉默。沉默。以及沉默。沉默最深最深的内里。砰砰砰。土制炸弹在凌晨三点爆发。像一朵太激烈的昙花。开了。很快就谢。

但因为后遗的力道无所不在。有时我便感觉晕。

忧郁贝蒂

七等生说多年前他曾经沿着重庆南路的马路黑衣过街，那时二楼咖啡馆窗口的朋友说只是看着那背影走路的姿势，一眼就知道是他。“十数年后，重庆南路上的人潮是汹涌了，只是还有人会从一个穿着黑衣背影的倾斜姿势，辨认出我来吗？”很久以前，有人跟我说过一样的话，那人黑衣的背影如今已不知隐没到这个城市的什么角落去了。“这个时代，有人会想起一个作家的身影来吗？不是作品，而是姿势……”那人是这样对我说的吧。下雨的夜晚，收音机里的广播正唱着陈升的《恨情歌》，很多年以前，我也曾在那窗口有着一棵树的房间里听着同一首歌，离开那里以后，那个房间的阳台下面听说有人上吊，不过数年的时间，那些屋舍伴随社会新闻的电视画面播放出来时，我才惊觉一夕爬满青苔。是什么时候开始变老的？我还记得绿上衣的 H 还不相识时，提着他那亮橘色的洗衣篮，从宿舍中庭晃悠悠地走过，仿佛每扬起一次就会落空一次。好长好瘦的人。好奇怪的绿好奇怪的橘。边在我的窗口看着边这样想。

H 有什么改变吗？毕业以后某一次见面，谈及学位论文，在一个嘈杂的餐馆场合，人声鼎沸着。H 和他的研究所朋友与我对坐，嬉闹的笑语穿梭在此起彼落的餐盘间，伴以刀叉撞击的铿锵声。在平行流过的声线里，我有些恍惚。H 说起研究所的生态文化与权力论述，赫然有种上班员茶余谈论起上位者的世故与熟稔，我已经忘记那个下午的餐桌上到底交谈了什么，或许是相识太久，触须于是理所当然地各自退缩，谁都不想言与义及。话语在桌上剥散开来，核壳碎屑散落一地，后来我什么也想不起来，我只记得此后的日子若是想及 H，就是那样初次照面的纯粹的绿与橘，在记忆的深处用一种奇怪的搭配组合在一起。

多年以后我从那个大学时代的宿舍走出，走进一些人的生与一些人的死。大学时代快结束的某一天，妹妹在电话里哭着说姐姐我有小孩了，我捂着手机从图书馆快步疾走，声音也压扁得像是一顶松软的帽子。“拿掉吧！”我听到我的声音竟像选择每天中午的便当内容那样简单干净又义无反顾：“好麻烦。不要了。”妹妹终究还是把孩子生了下来。之后结婚。之后离婚。有很长一段时间，我终于见到了孩子，生日与我相差五天，看到我就扑过来，叫我：姨。姨。

那种叫法有一度指责得我无以自容，不知该如何自处。无法面对的是未知世事的孩子？还是其实是自己内在最冰冷刺痛的尖锐？一直以来我用这尖锐冷静的一端将自己划分出来。那就像是二〇〇〇年，二十世纪九〇年代的末端，大学里还抓着一点文艺叛逆的末潮，有一些同学加入了电影社，每周两次轮流播映着柏格曼、塔可夫斯基、安哲罗普洛斯的片子。那年我刚进大一，没有跟着加入电影社，每周固定却缴三十元非社员费用摸黑进去看片子。为什么不加入？害怕团体的气氛？还是害怕只是证明了内在最无可反驳也不要反驳的证据：到头来，我能握住的只有自己？

那时我们也看《忧郁贝蒂》。法语片名叫作《早晨三十七度二》。法国南方燠热的滨海废墟。叫作佐格的男子与叫作贝蒂的女子，黄昏里的木屋与小型游乐机，还有木马跟油漆。我不知道这些东西为什么会出现在那里，只知道上空穿吊带裤的女子贝蒂有一种奇怪的蓝。大眼厚唇，笑起来牙龈就血色地咧开，歪曲的极致就率真到足以烧毁一切。做爱的时候激烈得停不下来，刺穿双眼自我毁坏的时候也激烈得停不下来。贝蒂死时被男扮女装的情人佐格压死在医院床上，佐格穿好激烈的红，那红在我的眼睛里透进好神秘的力量；有力，致死，几乎要刺瞎双眼。

但我还是从头到尾地看完了。走出放映室。尽可能勇敢地走出。

后来我才知道 O 也看了忧郁贝蒂。尾随着。更多的意义或许是尾随着并且吞噬，从脚跟啃起，刺目的红，那么有力，足以使我眼瞎目盲。

O 经常在我与那时的情人讲电话时趴在我宿舍的桌上无聊地写些什么，有时是广告纸的背面，有时是恣意随手从我桌上的笔记本撕下的空白页。多年以后我才知道那撕下的动作承载的是什么样的不甘与不舍，还有激烈却频频交叉掩护的侵占。那些纸条多半用 2B 铅笔流水账般地“哗啦哗啦”记载着今天发生的一切琐事，去什么地方，遇到了谁，和什么人一起吃饭，在路边看到的狗的斑纹多奇怪多奇怪，电线杆的数目一条路平均有几支有几支，那些内容多么平易寻常像是流光却又隐约透露着一点危险令人胆怯而只想迅速略过，我知道了什么？我明白了什么？我还是什么都不明白假装一切尽可能合理不道破？那些日子里，我一张纸条也没有写给 O。

离开那个地方恋爱就结束。不知道为什么一点也不难过。最难过的已经走过，砧板上的死肉切了再切只会碎末却丝毫不感到痛。分手多时的人有时会带着有意无意的促狭打了电话来，我用更冷静尖锐的理性交谈。他说吃不下饭又少了睡眠日子很空很难过，我漫不经心地应和着，电话末尾我不知被什么尖锐的椎点逼近脑门，没有任何情绪。

挂上电话以后就冷冷地浮上一个声音：其实我想你去死。

如此冷淡有礼的激烈。拉冈说，当我说“你”的时候，其实我说的是我自己。

最困难的不是现在，我明白。我只是不甘心，不甘心皮肤就这样被一痕一痕划下的疤一点一点毁坏，愈是拒绝那一路跟来的肉瘤就一夜比一夜长大。到了台北以后才知道有些刀刃是不能拿来对自己的，或许从很久以前就知道，只是不敢，一定是不敢，但这次近身的不是别的，是自己。刀柄刀刃，该握的是刀柄还是刀刃？那些外面的世界都飘在上空，那些人都专注于表面的浮夸在课堂在咖啡馆在消费着对我而言无法被玷污的纯粹，那些画面都强烈鼠灰色，一近身就让人索性疲倦地说：不要了。如果这是依赖否定性才成立的世界，为什么我不能强硬地要：以不要的形式？负负得正，我真知道我要什么吗？

四月艰难如涉水。

过完了四月，很久很久以后，有一日，接到O的喜帖。我们已经有很多年没有联络。帖子里夹了一张便条纸：我要结婚了，你会来吗？语气平淡，带着疏淡与礼貌的距离。帖子上照片里的O站在一个陌生男子的身旁咧嘴而笑。我从来没看过O那样笑。她的笑龈被唇膏的颜色覆盖，好像那咧嘴的血色只是我记错的某件事物，好像她一直都是这么合情合理地存在。也许，是计算机修片的技术使一切都模糊了起来，也许O从来不是如我想象的那样尖锐、激昂、勇往直前。是年轻的时间捏造了我们自己。我想起那个夜晚，我在寒假的宿舍房间里一个人寄宿着。O来到我的房间，她一如往常地拉开椅子坐在我的书桌前，我在书桌的上铺半寐半醒地睡眠着。

忽然，从床下的书桌那里，传来了隐约的窸窣声。极细微，像是有鼠类在咬啮。窸窣。窸窣。窸窣窸窣。我安静地坐起身来，抬头看见房间的天花板，昏暗的日光灯管照得房间的四个角落都恍惚了起来。我忽然就明白了，那是O在啜泣的声音。

终究没有去到O的婚礼。我一如往常普通的一日在漫无目的的街道晃荡，等待这个城市一班紧接着一班的公交车。白日的马路沙尘弥漫，几乎要吞噬掉日光。我站在马路中央岛屿般的公交车站，被不断掠过，分不清是被擦过的什么所轻轻带动，又或者是身体就这样不自觉地摇晃了起来。那时我隐约记起的不是话语，而是一些别的，色块，最明亮最纯粹初始的某种东西，空旷感。《忧郁贝蒂》的最开始，黄与蓝，分不清是黎明还是天暗。一些人在路上，一些人走了，一些人脱队到不知什么地方去，一些人很慢才来。沙漠漫漫，今天才懂得，行路毕竟是遥。

马纬度无风带

南北纬大约三十度处，由赤道低压带上来的气流，向两极扩散，逐渐散失热量。空气冷却收缩，密度增加，于是下沉，形成副热带高压；此带风向不定，风力微弱，又称副热带无风带或马纬度无风带。之所以称为“马纬度”，是因为西班牙帆船装载马匹至新大陆，到了这里，风力突然减弱，前进困难，由于饲料欠缺而只好把马匹抛入海中。

——《地理》

一切就被悬宕在那里了。包括四月。四月里任何一座阻滞不前的楼梯，像坏掉的手风琴音箱，所有的声音都被关在疲倦的凹褶里。斜坡道的灯也一盏一盏地悬宕起来，楼房的灯、路旁的灯、提琴店招牌里的灯，灯亮了以后有一把琴就那样安静地被关进橱窗的玻璃，像所有季节里的任何一种受困，连抵抗也没，连细微的弦音也没，连歌也没。学琴的孩子背着黑色的琴袋沿着坡道走下去，再走下去，一点一点地降落到最底。

最底，整个城市的所在地，北纬二十五度。

但那里不是我的最底，我的最底也不在所有地图向南向北地平移，我的最底在我租赁的小公寓，我的地下室房间，整排，低潮公寓。

那是研究所刚开始的时候，巨大的城市和前进的必要，地面有太多毛躁的喧嚣充满修剪的需要，比方早晨九点钟邮局窗口沮丧的排队。比方长长的中午的食街老是堵塞过多的动物，吃的与被吃的全都撞在一堆。比方老老的研究室里蜜蜂与透明玻璃般的反复讨论，窜飞的文字怎么鼓翅就怎么撞上透明的墙，所有人都在跟你伸手要一个理解。

我保持静谧。我保持静谧我会默背这样一段《忧郁的热带》：“如果他们真的是人类的话，他们会不会是《旧约》上所说失踪的以色列部族的后裔呢？他们会不会是乘大象到那里去的蒙古人呢？他们到底是不是真的是人？”

回到我的地下室房间。便宜而永远的居所。像是以太。

扭熄了一切，还有什么是更黑的？我敲打键盘，每一颗键都像丢进井底，清脆地从心里传来回响。离地面太长，离自己太短，连邮差也没有，连一颗门铃的惊喜也没有。只有大片大片的黑色瀑布悬吊在墙上，无声，静止，像黑发。家具在瀑布里睡着，电话在瀑布里睡着，衣橱传来某种动物的鼾响，像旗语，从一个世界打进另一个世界，要求译码。

那必定是一种很黑很黑的动物。或者蒙古人的大象。

而我到底还是不是一个真的人？又或者我就慢慢埋进这斜坡下方的土壤，我慢慢变成这房间的墙壁或者天花板，我安静地蹲在最角落假装是一台传真机，我答答吐出别人传来的信息。

他说卡夫卡的虫就是这样变成的。

我夹着话筒抱膝蹲着说我顶多只会变成无脑家具。我啪一声关掉大脑的日光灯。

他的话筒像沙包，像跋涉了整个春天的沙尘暴。但我的耳朵是低陷的洼地，我安静地坐在一个洞里听他的消息。

他说。他说你那里。比起从前。安静许多。他说我几乎要以为你不在地球。

我当然不在地球我说。但你也不一定就会碰到我。

我当然碰不到你他说。我连你的生理门牌都从来没有知道过。

所有的伤口都摊在那里了。当一切麻木的时候，唯有戳弄才让人记取曾经的亲密。很久以前，我们有很多很多的马，那些马也会站在甲板跟随我们去整个黄昏的海洋。为什么正确的气氛已经过去，我们还站在这里用脚拨弄着营火的将熄未熄？到最后连脚趾也炙烧，那炙烧就会是一种证据？他还在那里，但我已经坐着，整个夜晚，我们身后的沙漠清凉无比。

☆

四月的白昼如纱。五月揭开了纱里还覆盖着纱。五月的手指缠绕有更多的雾。

“为什么这样沉默？”他已经站在那里。我们隔着餐桌，中间却像有一片沙漠。

“沉默在下陷，我在下陷，你也在下陷。”五月的雨，刚刚洗过了四月的树木，在地面无声地垂落。好高的窗外有好多的脚走过，穿各种鞋。像盆栽，像一种逃亡的植物，可这里只是容器，只负责张口，除了张口它也不会再有更多。

“下陷的要素是：意志。流沙。不稳定的气流。”他说：“我有下陷的意志，我跟你之间也不只是不稳定的气流。”

我们已经坐在这阒静无光的地下室，宛如来到沙的孔洞。地面是无尽的日光与无尽的雨，街道接连着街道，街道过去还有街道，岛生岛，鞋生鞋，岛岛鞋鞋就有了海与路，原来同样义无反顾。

但这里已经在路之下了。沉积坐在这里，岩层的纹路也坐在这里，有什么是伸手可及的吗？沉默握着，不知什么时候竟也沙一般的消融，空空的掌心只有空空的掌纹，像河流，像握住的什么都会跟着河道漂走，我张了张手到最后却只剩下河里的石头。

沉默与石头相同吗。他说。但或许石头导致沉默。是什么送来石头？是河流，还是一双爬满掌纹的双手？你知道沉默是什么意思，沉默是你丢掉了手掌、河流跟石头，你就得到了沉默。我以为我们在谈论的是沉默，结果我们在谈论的是那些被我们丢掉的河流。他已经伸出了手，但我已经连手也埋进了沙丘。

你需要的只是时间，而我需要的是坐在沙漠。他说。他的侧脸有马，像辽阔，像五月梅雨覆没地面的海波，他好像试图说服我,他的声音充满藤蔓都爬满整座沙丘。可如果我再也无法打开？这跟年纪无关，跟二十四岁就读一个干涸庸俗的研究所亦无关，跟一场五月永无止境的雨可能较有关，你知道沙漠降下的雨都落到哪里去了吗？落进一棵仙人掌的肚子里？落进沙与沙的最底最底？有没有人真正拿扫把扫开过那些沙去凝视沙漠的最底？那托着沙的是什么？是一面永远等不到月亮的瓷盘吗？是一张从指缝不断漏出沙的手掌吗？是谁捧着一座沙漠来淹覆你的脚底？从脚掌到脚踝，从脚踝到膝盖，你还要坐在沙漠的入口尾生抱柱？斜坡已经被拉得好长好长，像日子，像滚下去的一颗石头，没有尽头的不只是日子或石头，斜坡下也没有一个薛西佛斯蹲在那里做一个优秀的外野手。

五月使人撑伞。使所有的地心引力都在吸引一滴雨。

四月沉默如灰。如果沉默是一种物质，那也必然是四月。有一年的四月他和她重重地挫伤着我，那时我不明白那种沉默，我只觉得有大片大片的鸟从地平线“嘎啦嘎啦”地飞来，队伍很乱翅膀很吵羽毛就不停地掉，好像是在哭，那些羽毛都是哭声都掉了我一脸一身，我几乎要生气了，要教它们不要再吵，我掩住耳朵蹲在地上，以为自己就会这样渐渐地渐渐地缩小，那些声音像一只大鞋硬生生地踩下我的头，我变得好扁好扁像一只空瓶需要回收。

那时还住在铁轨旁边的房子，还可以奔跑，不好的时候火车一来还可以跳，可以跟着一列火车去开拓山洞，去开拓整面整面夏天的北回海。

不会有沙漠。

离开了以后才知道海不会一直跟来。整个夏天，从铁轨旁边的房子，迁移，捆绑，从东边的学校移动到北边的另一个学校，从湿润的沼泽被重重摔进学术的无聊。邮局在那里，市场也在那里，所有的文明与辩术都在那里，但我脚下的地底一片空寂。每天，我假装成25只的人到地面去，像一种间谍，蒙面，隐形斗篷，用流利的语言交锋与交际，当我试着说一点30只的话语，他们却全都走避不及。

我只能来到这个地底房间。

像一个游牧的人收拾我的蒙古包，骑乘黑色的大象来到这个最北最北的城市。最北最北城市的地底，北纬三十度。无风。

你不懂得坐在沙漠是什么。我说。

如果我需要的是跋涉，而你需要的是双脚的意志，到头来谁都在对抗下陷，我一举步，你的地面就倾斜了，沙推挤着沙去靠近另一些沙，谁也没有谁逃走。天花板上方的地面有车驶过，有一个星期天下午的杂沓纷纷踩过，有脚踏车沿着斜坡的人行道“哔叽哔叽”地滚过，这些都过去以后，整个周末的愉悦，就那样消失在街口，我还有什么可仰望的？一扇微光的地下室窗口？一个沙漠永远吹不过的边界？只是一条线，一步两步可跨过，再过去竟也就没有了，整个沙漠都在这里止步。我说简直我这一身的黄沙都枉费了，我站在边界入口的村落看眼前的海水与鸟鸥。那些海水也不是我的，那些鸥鸟也不是我的，我有的是什么？是身后安静站立胆怯止步的沙丘吗？是我伸出双手掌纹河道里一颗一颗的石头？你要拿着橡皮擦一痕一痕地擦掉所有沙漠的界线吗？橡皮摩擦地面，屑屑积累着屑屑变成另一座沙丘，你跟我，都变成一座不相干的沙丘。

尽管它们相连。

尽管我和你。相连。

我的地下室沙漠。

长长的雨季在地面走过，五月的道路，几乎是一条倾斜的海了。可以穿上我最喜爱的白鞋子倾斜上楼，可以划桨，可以双脚奔跑起来就去了远方，可以戴上我的小帽，一个小小的，小小的哥伦布。

二十岁时我沿着一条路往前走，前方没有路了，就勒鞋回头，来的路跟去的路永远会变成不同的两条，一切如此理所当然。

☆

“不要再在沙漠里找花了。”

“我一直在等，又或者你从那时候开始就从来没有原谅我。”

是黑暗，还是寂静？是黑暗还是寂静，又有什么分别？我们之间的桌上有一盏灯，他的脸也像是黑色海面上沮丧的船只，爬满礁岩。

一只白猫隔着气窗的玻璃把五官贴在窗上，俯瞰着我们，它的白雨鞋也会走过一条长长的泥泞五月吗？走进六月奢侈挥霍的初夏。

是不是一定要到了马纬度无风带，我们才学会原谅？或许，也没有所谓原谅了，有谁还会费尽力气去使一只玻璃橱窗里的小提琴逃走？一个季节的受困都关在那里，一段关系的受困都坐在沙上，玻璃是不可破的，要使它原地消失的方法，只有让它变成一把没有弦的琴，于是我练习沉默。

沉默像是流沙，渐渐从玻璃流走，有音乐渐渐包围我。沙的音乐，在暗黑的地下室里窸窣窸窣地作响，在墙壁在天花板在一扇微微发光的窗框，当月亮掉进路面的地平线时，也能从地底房间踮起脚尖看见整个斜坡的月光。

“是因为这个房间。”

他的肩膀后面是一片海，他的右脚还踩在沙的界线，我知道他一转身整个沙漠就关闭了，他的骆驼也会被带上港口。

“我渐渐、渐渐，变成这个房间了。”

我渐渐来到马纬度无风带。一扇楼梯的下降，整整 5 度 N，一个回旋的转弯，风与无风的界线立断，我去不了更世故的，邮局、市场、食街、辩术、一切的应对与烦琐，我去不了掩耳盗铃跟你若无其事地生活。我回不去我们最初的开始，开始的时候，只有清澈的雨林。零度。我于是走得更北，来到马纬度。无风。我一匹一匹地丢掉那些马，我一匹一匹将它们推进海中，那些马在海中就都变成了海牛，变成了那年哥伦布在迷航中遇见的美人鱼头。

他的声音干干的，像在模仿沙漠。是幻觉，还是真正来过？是一场扎实的雨水降进沙漠，终于也成不了河流？我说，沙漠里总免不了有很多海市蜃楼。

无理之数

某小说家说起童年初习数字时，在睡觉的床头总会从模糊的意识底层里拉起一条隐形的绳子，将这些看不见的数字 1，2，3，4 地往下排去。8，9，10 大概就在床尾边，11，12，13 已来到了客厅大门前（有时尚且回头与床边的 1，2，3 并排成行），顺着公寓的楼梯回旋而下，从辽宁街到南京东路、从南京东路到整个城市数不清的路口，仿佛不来梅的吹笛手与老鼠般的；这些从二位数变成三位数、从三位数膨胀成数以亿万计的数字们，就这样倒转变成了远方黑暗夜空里的星星，被整条悬浮的绳索支撑起来。

我记得在敲打论文的夜里读到这段时，忍不住会心笑了起来。

因为小时候我也有一条非常类似的绳索。那时我们住在高雄与屏东交界的一个小镇上，而我们的房子又在这个边缘小镇的最边缘。我记得幼年时的夏天黄昏，母亲常常带我去散步。沿着房子旁的小路往山里走，起先会遇见林投树，接着树荫渐渐浓密了起来。夏日午后的雷声从极遥远极遥远的地方传递过来。可是我们什么也看不见。树林蓊郁地包围着我们，将我们兜头罩下。母亲与我的脸都阴暗了。雨要下下来了吗？又或者这只是一个关于下午的幻觉？童年的我担心地想着。

我指着山路两旁树枝上垂挂着的一袋一袋黑色的物体，问母亲说：

“那是什么？”

四周忽然荫翳。树林飘荡了起来，母亲眯着河童一般的脸孔对我说：

“是猫啊！”

我已经忘记那个夏天的傍晚，母亲和我究竟淋湿了没有，又或者我们其实一直被雨围困在那座森林，和许多的猫在一起。那时的我既不知道山路的尽头是什么，也不知道树林的外面有些什么。我们总是骑很远的车，到那像是夏季雷雨远来的小镇：买书，更多时候是买回一些卫生纸与色拉油之类的物事。在母亲的机车后座，公路的路灯一排一排地后退，我曾想过这些路灯就这样一路无止境地倒退下去，像一条绳索，只要走着走着我们就会到美国。我还记得小学三年级的自然课，第一次知道宇宙黑洞的事。放学回家后我问奶奶：

“你知道我们住的这个地方，上面是什么吗？”

奶奶摇了摇头。我于是得意地说：

“是一个叫作宇宙的地方，有星星、月亮和太阳，而我们脚下的这个地面，其实是一颗圆形的大球。”

奶奶笑了起来，露出镶嵌的假牙，对我说：

“我们所住的地方上面，什么也没有。”

奶奶死的时候身体弯成一个7。像一把枴杖。父亲败光了所有的家产，于是我们拥有一个很脆弱的葬礼。葬礼结束后父亲就离家出走了。讨债的人将我们的窗户全数拆走，泼上（他们可能精心挑选过颜色的）油漆。很多年以后，母亲告诉我关于奶奶的一切她已经全都忘记了，包括她们是如何在一间屋子里争吵或对峙，交锋着属于女性的心机。只记得奶奶被装进棺木前的身体。那么弯曲，像一枚鹦鹉螺，漂亮地发散着某种淡粉红。母亲说奶奶只有死掉时才会那么的漂亮，像一个婴儿。肉身是7，那么与死衔接的胎儿就是8；8是两个回旋螺类往下交缠降落，从A到B，从B到A，莫比乌斯环。母亲后来用这两个数字签了六合彩（且受到牌支组头的嘲笑因为连号几乎是一件不可能的事），没想到竟得到一笔钱，将家里被砸烂的窗户全都换掉。某天回家，母亲指着那些和四周墙壁的败旧程度不成比例的全新窗框对我说：

“这一扇是7，那一扇是8，奶奶就藏在这些窗户里。”

我不知道奶奶是不是真的藏在这些窗户里。很多年以后，当我终于离开童年时代的那座小镇，那座挂满蜷曲身体的猫的森林，不知道为什么，总有一种整个森林都吊挂着一个又一个奶奶的错觉。奶奶的身体在树下被悬宕得好长好长，像一个弹簧尾端因拉扯而终于失重的7，垂着小小的白色的头。

我终于离开这座树林，在大学的课堂里学习艰难的知识，写晦涩的论文。背起厚重的笔记本电脑爬一段几近垂直的坡，抵达山坡上的研究室，谈论那些与我无关的事物。冬天的城市尖锐严厉，季风吹来简直是一种指责。整个冬天的早晨我越过广场石子路上灰扑扑的鸽群，到一个阴暗的图书馆。图书馆里有极高的书架和狭窄的走道，书库里的书轻轻一吹就有灰尘雪花般地飘散在阳光里，悬浮降落。

从光里降落，降落在光谱渐层的暗影里，因为理解暗影才理解光。才知道光的内里有黑暗。所有的物事光天化日，在光里只是无干。我学习到将一颗苹果从桌上拿开，桌子并不会产生剪影般的凹洞。我对那样的苹果感到非常羡慕。因为我试着将离家出走的父亲作为一颗苹果从心上移走，胸口的世界却莫名地整个空掉了。只剩下父亲剪影般的轮廓。从前我以为那仅是苹果倒映在心上的阴影，后来某日伸了手进去掏才知道那其实是一个洞。洞里有风，呼呼地通过，发出呜呜的声音。

而其实那只是我中学时代写下的一段句子。在一个离家遥远的教会中学。午睡时间我老是趴在桌下的抽屉里写着没有人明白的小说。在放课前的第八节课，我钻进空无一人的教会大楼，大楼里有一部老旧的电梯，往上爬升到最顶楼就有了一个小阁楼。

阁楼的窗外可以看见远处的球场上，奔跑的人群，缓慢运球的学生，还有那些漫步在圆弧形操场上的老人与狗。靠海的城市高楼多风，只听得风吹得制服的裙摆“啪啦啪啦”作响。还有洞。别针般地别在胸口的左侧，风一吹整个洞口就鸣笛般的作响。咻咻。咻咻。

曾经有很长的一段时间，我觉得自己并没有因为父亲的事而受到任何的一点伤害。无论那是倔强，还是仅仅只是一种自持。因为早在父亲离家之前，我便已经拥有了那凿刻在身体某处的洞。父亲只是从他自己人生的轨道上倾斜偏移，不慎失足坠入了这个洞口，被猪笼草般的这个洞穴给整个吞没，消化吸收。想起父亲，还有这个洞时，我总是有一种非常饥饿的感觉。好像从来没有真正吃饱过。但我喜欢这个洞就一直保持着空空的状态，像一只袋子，可以装盛许多东西，可以在洞里藏匿一个小孩，可以随手就拉出一条手帕或者兔子来。我与这个洞穴，一起穿越了故乡山里那片挂满猫的树林；穿越离家极近、母亲日日骑车去眺望的海。有时它会像一个皮囊那样可以从内里往外整个翻出，将我反噬，把我密密地包裹，护持着我迁徙来去，如同童年时的那条数字绳索，从 1，2，3，4……乃至于无止无尽，穿时越空。

而绳索的数字之中，总也有那样一两个打结窒碍的号码，无论如何也无法被我以这个洞穴消化除尽。当我试图将它吸纳进洞里，它总是繁衍增生出无尽延伸的余数，仿佛自体分裂的细菌。隐喻牵连着隐喻。话语堆叠着话语。质量守恒。物质不灭。目下的一整条公路蜿蜒直至天际，我已在离家极远极远的异地。

我想起几年以前的某一天，父亲忽然来到我生活的城市。那时我与父亲已经许久没有见面。没有人知道他去了哪里，在什么地方做什么样的事，和什么人在一起。我带父亲到住处附近的学区餐馆，面对面坐了下来。等待菜肴上来之前，父亲一直非常局促，嗫嚅地问我什么时候回家之类的话语。我还记得那是一家灯色昏暗的简餐店，卖着小火锅之类的物事。店里的灯光把我们的影子拉得极长，低低地垂挂在墙上。我与父亲，就像大学城里随处可见的亲父与儿女，对坐在同一张餐桌的两侧，仿佛对弈。

晚餐结束，夜色昏暗。仿佛整个夜晚的浓稠黑色都在等待着这样的一刻。父亲终于对我开口，说："……我来台北，看一个同事。他太太月初过世了。"父亲的嘴唇微微地颤抖："所以……所以你能不能借我几千块，包奠仪用……"

我不知道这是不是一个谎，还是父亲自己杜撰出来的一个故事。还有那些虚构的死亡与人物。这些年，母亲总是告诉我：不要相信你爸说的任何一句话。父亲究竟是怎样把自己的人生活成了一则小说？而关于虚构和死亡，你比起其他行业的同年龄人，何尝不更清楚地理解，所有的虚构既在死亡之后，也在死亡之前。虚构是丧礼，有时你执行它简直祭司般的行礼如仪。是凭吊吗？你比谁都明白，还是仅仅只是一种布置？像一种激活的仪式，对死亡说：醒来吧，请醒来吧！请醒过来看看我所装饰的世界。

我把皮夹里的钞票拿了出来，并且问父亲今晚住在哪里？要不要到我的房间来睡（但其实心里想着的是最好不要吧）？父亲告诉我没有关系，他会睡在台北的一个朋友家里。父亲且对我描述那个朋友就住在龙江路行天宫后面一带一个非常好的地方。我点了点头，我知道父亲在台北是没有任何朋友的。

我忽然想起国中时代父亲最后一次教我数学。童年时算不出习题，会对我掀桌咆哮的父亲，整个晚上和我在同一道题目周旋不去，无论如何也算不出解答上的数字。计算纸上画满红色的数字，父亲的手指沾满晕染的墨渍；√是 2 的头上戴着的一顶大帽子。像魔术师。我心里真想跟他说：不要把帽子掀开，否则帽子里就会拉出一连串根本无从理解的数字来。我还记得摇晃的日光灯管下父亲终于疲惫的脸孔，有着一种我彼时尚未能理解的成人的凹陷。他白日必须攀爬极高的天车，到炼钢厂里六七层楼高的地方去修理开关。

“爸爸没念过多少书。”父亲这样对我说。

“以后的作业，我再也不能教你了。”

除不尽的命运。还有时间。√打开是 1.414213562……仿佛未来一直一直来。父亲那句话的意思是：就送你到这里了。以后的日子，你要多保重。

我们离开了餐馆，走进城市里满布着霓虹夜招的夜晚。华灯初上，漂浮而摇晃的夜色，像一个永远做不完的梦。我想起远方家乡的树林里，那些树枝上一丛一丛吊挂的猫，是否也正萤火虫般地点起了银色的灯笼?

那个夜晚，父亲的身影，很快地就被这个城市街道上熙来攘往的人群淹没了。我不知道他最终会否被这城市几千几万的人潮带到什么样的地方，也不知道父亲的手里是否也握有一根守护着他的数字绳索，可以保他穿街越弄，不受妖邪侵扰。我只是背转过身，与父亲走在同一条街两个完全悖反方向的道路上，怀抱着一种对任何人类都会有的担忧与哀愁，忽然就像一个女儿般地沿路哭了起来。

春不老

开始那堂课的时候，我经常离开一张办公桌，搭乘捷运到公馆转车。S 会从另一个地方过来和我会合，我们约在罗斯福路与新生南路的地下道。

已经不是多年前那个贴满白色破损瓷砖、幽暗的青绿色日光灯管摇摇晃晃、走着走着就会幻想遇见十年前的陈绮贞，提一把破旧吉他箱在尽头唱着《让我想一想》的地下道。只有卖佛珠的摊子偶尔还会吉卜赛人式地出现，仿佛某种大象迁移。老得好像生根植物般的放佛音的老人，还提着他的破收音机在地下道的尽头播放着。那么老，头发那么白，总是戴着一顶藕色的小帽。有好几次我总担心他会不会就老得终于死了，如同那些街角重复出现又不断消失的老人摊贩。每次经过我都很担心地想着。然而十年过去，老人好像被原地埋下般地存在着。像一颗底部被装置了弹簧的石头。一棵永远开花的树。而我们是河，夜夜流经，为此我已在佛前求了五百年。

那是我第一年以研究生的身份在学院里兼课教书。二十世纪九〇年代初期出生的孩子们，和我尴尬地相差十岁。不老不小。若相逢不相识，约莫是姐弟相称的年纪。第一堂课讲解完大纲，他们就紧张地问点名怎么办？缺席怎么办？期中与期末考的配分怎么办？我一说所以你们是已打算不来上课了吗他们就全都笑了。二〇〇〇年时我也曾是这样坐在台下讪笑的脸孔之一吗。那时我初进东部的大学，是行动电话开始蓬勃的年代。从西部抵达一个遥远的东方小镇时，谁都有一支小海豚或鲨鱼机。那是手机愈小愈好的年代，岂知走了又走不知怎的竟来到一个手机愈来愈大的时代。星期四的早晨八点钟，教室后座总有那样稀落昏昧的角落里，坐一两个低头用手指滑动荧幕的学生。我来到这座教室的时候，四面无窗，日光灯管要亮不亮，那些手指像划过黑夜的流星般，在漆阒的黑暗中划过。刀柄一样。

二〇〇〇年的时候，S 在做些什么呢。而我总想不起那些明确的时间里，我在某个固定的地点、进行过某些重要的工作。也许那是因为那些都不是最重要的事。我总是想起一个前往海边的清晨，后照镜里渐渐明媚的天亮。一个逃课的午后。后来和什么人去了哪里都记不清了。只记得沿途永无止境的海岸公路，大海一直一直跟着我们。那些海，那些破晓时分就会四面张罗的海上的网，收束的时候简直整个海面都倾斜了。还有那些一路耽睡到沙滩尽头的石头。昨夜的火堆在石头里熄灭，像梦一样。我总以为那是多么贵重的年少时光，可努力回想时，同行的人的脸孔，却早已不记得了。我记得刚进大学时总有抽学伴这种活动，和一个此生可能再不会在工作领域接触的男大学生比如他念植物系，交换一个可能在下次更换新型手机时可有可无亦不会被冲积带往新电话簿的号码（09……）。你们一起进行一个礼貌性的早餐点着生疏的火腿与蛋。你们也许去一个四月的鲤鱼潭夜晚观察萤火虫，在草腥露潮的黑暗夜里维持着既陌生又彼此守护的谨慎距离，一前一后地小心四周窥伺隐伏在漆黑里的目光与气息。伴随着初识未久的不耐与警觉。你心底简直有个声音问你自己你为什么会在这里？环潭公路暗下去一盏灯都没有，终于你不甚耐烦地低声说欸哪有什么萤火虫这种东西啊，前方的男孩忽然就弯下身去，夜里你听到他将食指放在鼻尖说：嘘。他拨开脚边蔓生的蕨类植物，夜露迎面沾染上来，你跟着蹲了下来，夜色里一点两点发亮的小光停在叶片上，星星之火，不一会就尘埃般地四散开来。还来不及辨识方向，黑暗迅速汹涌回来。四周暗了下去。在重复降临的黑色中，你听见那个如今已想不起名字的男孩低着声音说：

“是春不老。”

不老之春。紫金牛。四月的星空也是金牛座。和你太阳星座的土象星丛成一百二十度。土星气息。单叶，互生，叶肉质。常绿小灌木。后来我再没看过流星般消逝在夜中的萤火，却始终一直记得这个名字。那是一条四月的公路，一次下坡的转弯，一个清晨的天亮。天亮时我搭上一班往北的平快，老旧的蓝皮车厢被风拍得“咔啦咔啦”作响。在一个无人的小站下车。剪票口的站务员问：你是从什么地方来？要到什么地方去？我说我从不很远的另一个城镇来，看到了海就下来了。

倾斜的海，车过了花莲就不再见了。车过了二十二岁也不再见。很久以后我离开大学时居住的小镇，往北迁徙，家具和书柜漂流河道般地跟了上来。南部老家的家人早已四散，高中时代和妹妹共享的房间已没有了我的书桌与床，再也容纳不下一个长得太大的我。我和我的家具与书简直像一支永远写不进历史的史前队伍，被时间带往下一个房间。一个地点。一个脸书时代也不屑打卡的居所。一天翻过一页，我忽然就站在早晨八点钟的讲桌上，在教室的黑板讲一堂桑塔格。土星座下。讲台下的学生不经意地将热气球放在手机的荧幕上，写下比方和 Alice Wang 在文学院 CB108。桑塔格说土星是最缓慢的星体。固执、犹豫与迟缓。孤僻冷淡，总是错失行动的时机。在漫长等待的、仿佛虫洞般的扭曲钟面上，耗费的日常终于成为环绕其周身的光环，以加冕它在时间中所失去的所有事物。

我不知道我是否擅长等待，是不是也是一个极固执迟缓之人。每天，我像幽魂一样地来到这座学院，谈论一些逸散的话语。那些蜂巢般布满孔窍的精密理论，像中学时代化学教室里一座叫不出名字的仪器。有一些声音在教室的上空边缘里被说，很快消失，黑洞一样。我在蛰居的房间里写进度缓慢的论文，在日常的生活里出发去一个市集买回牛奶与蔬果。在研究所的课堂上等待一堂艰涩的后殖民理论结束。我是如此厌恶那些政治性的话语一如厌恶房间中孢子植物般大量长出的发票。那些发票的林总物品名称总是天罗地网般地陈述你今天去了哪里做了什么又买回哪些完全不需要的东西。我如此厌恶那些人说：即使你不谈论政治，仍无法避免政治谈论你。为什么要谈论这件谁都知道的事？下了课我就把身份从学生切换成老师，去另一堂课，灰头土脸谈论历史、政治与文学。想起这段话时我在一个平常日的捷运车厢；车厢里的所有乘客都在低头滑动荧幕。我忽然觉得非常害羞，关于我的电话，只停留在按键拨打与收听 MP3 的功能。同时又有一种安心的感觉。因为 S 也与我一样没有那种前卫的电话。

我们约在公馆地下道。巢穴一样的地点。连场所也不是。从地底开始，幽闭阒深，宛如孔窍。没有人会在这里朝生暮死地打卡。S 说："因为我想六十岁的时候还能见到你。"

六十岁的时候，新生南路与罗斯福路的交叉口，这个 Y 字形的地底甬道，还会腔肠般地洞开吗？像一个裂开的孔洞，生命的起源，指向三个悖反又亲密的向度。你每次总猜测 S 会从哪个孔洞进来，来到三条地道交接的中间地带与你会合，可总没有一次猜对。S 像一个没有征兆的鬼魂般出现，在你后方，使你惊吓，又使你充满困惑。而你一直站在这里。这个中间地带，仿佛所有时间河流的汇注点，被夜游与晃荡的人群所经过。夜夜流经，六十岁的时候，地道尽头的老人还会点头玩具般地端坐在那里，等待着一个铜板的坠落吗？白日里课与课的交界，两条路径的中点，往哪里去都可以，像极了你与 S 的关系。而你从一个地点移动向另一个地点，并且老是在前进的恍惚之中，被共线的捷运错载往另一个城市的边界。下列车往南势角。古亭转弯，公馆便在地图上远去了。车厢忽然空旷起来。有一瞬间，我甚至忘了自己即将前往的，究竟是一个什么样的场所？车厢潜入巨大的管线之中，发出轰隆轰隆的声响。广播里传来女播音员的声音：下一站，顶溪……

这会是一段耗费的旅程吗？S。

时间的最大值永远趋近于零，从冬天倒带到冬天。在地道中等待的时候，我想起那时我们踮起脚尖潜进中正纪念堂后方的针木林。冬日的傍晚树林黑压压地一片，一个人也没有。针叶密密地落着，像雨一样。林间的小径窄而弯曲，我压低声道就像黄昏的风被天空压得极低极低：

“为什么带我来这里？”

冬日的天光很快隐退，像一个理直气壮的谎。黑暗会自城郭的四周漫漶过来，顷刻间就覆没了整片树林，像一个巨大的浪。S说：

“我们离开这里。”那时他的脸将完全被黑遮盖。

☆

你曾想过也许换一个叙事，一切就会不一样了。比方你怎么知道被遮盖的是他的脸而不是你的眼睛？你怎么知道那黑色大片大片的布幔垂降时扬起的不是你的声音？你可以说：“我们离开这里。”或者你大声地说：“我绝不。”“请你离开。”可是你从不说。你从不谈论黑夜里你必须恒星般等待。公转自转戛然而止，像电池忽然耗尽的手表秒针那样有天就忽然静静地死。死后连人带骨被遗弃在宇宙尽头的边缘。一颗老去的恒星，纺锤般静止在布满星体骸骨的坟场，连土星也不是。你昼伏夜出，在白日里沉沉睡去，在黑暗的夜里悠然醒来。白日里你的论文、教室、课堂、市集都仿佛河中搁浅的石子，静谧地被漆黑的河流磨砺与侵蚀。你从不谈论它们有多可笑。你从不谈论那些乐高积木般堆叠的白昼知识如何危脆、轻轻抽出一片就会骨架歪斜。你不和任何人谈论。因为没什么好谈。我为什么要谈论一件本来就知道的事？

S 总是说，人与人只是关系与关系。亲人关系。情侣关系。工作关系。朋友关系。夫妻关系。买卖关系。一夜睡眠关系。长年性伴侣。

这些都会在时间中消逝。

“但我想六十岁的时候再见到你。”

最后一次见面，你帮他把退租公寓的墙壁刷白。弄得衣领袖口都沾染了油漆。那是春天里的最末一个礼拜。你刷了又刷将墙上那些油彩勾勒的插画一把一把狠狠地刷去。你想象 S 刚搬进来时这个房间也跟现在一样布满起源的空白。你想象一个人是如何在城市里从一个巢穴迁徙前往下一个巢穴，像蝼蚁般在地窖的蚁巢中四处钻凿，洞开一条又一条的时间甬道。十七岁的 S。白制服的 S。针木林里黑压压蹲踞的 S。孩子般的 S。

手机哔哔响起了你就回过神来。倏忽发现你哪里也没有去。你只是在一个重新被布置成开始的房间里。那么白。那么干净。仿佛什么也没被溅洒。你忽然明白，所有的时间都可以被布置成想要的样子。你只是不愿意。

S 接起手机就顺势把你推进了浴室。一脸笑意。又做了个暗示的手势。那么自然，自然到门被关起大片降落的黑暗也如此自然地兜罩下来。你忽然就在整片的漆黑之中。门“咔啦”一声锁上。你忽然理解这里、这个方寸布满厕盆、瓶罐与水槽的黑暗空间莫不正是你日日演练的场所？你日日演练自己是一颗在时间中等待而终于死去的小白矮星，在这个漂浮着即将退租公寓的浴室里散落的瓶罐、像所有太空里与你同样失去重力的老废行星，你挨着马桶坐下，听全然的漆黑中，门外传来窸窣的电话声响：

“都弄好了，我一个人一个下午就全都刷掉了。之后到纽约，还可以再画……”

四月结束还会有四月。每年都有一个一样的四月。你从不跟人谈论它们。就像你从不谈论消逝。为什么要谈论一件已经知道的事？如同你们的未来。没有未来。所以根本不必谈论。你想起大学时代的那个四月的夜晚。小点小点的萤火像火光一样，自叶片轻跃而起，倏忽熄灭。夜暗中你听见耳边传来极细微的“啪嚓”声。像死。又像打火石。敲打在地上石上“哔嚓哔嚓”作响。

流萤暂短。不老春长。

S 终于再也不会出现在那个地下道。你日日重复自己的生活，宛如星体重回了轨道。你有吗？又或者你只是一个被其他星体的轨道引力吸引而终究开始移动的物件，一颗等待坠落的小白矮星。如同淡水线走着走着忽然就各自了，再也没有另一班共享轨道的列车，通往城市的另一个方向。下列车往南势角。你老是在恍惚间就被错载到城市边陲的地名去：顶溪、永安市场、景安站……

而永远抵达不了公馆。但如今已经不会了。你忽然明白，这座城的线路系统早在你的遭遇之前便算计好了宿命。城市里的高楼起了又落。捷运工程挖着挖着便塌方了。有人死了，有人存活下来。有人被硬生生活埋在地底。日复一日。你忽然想起那个公馆地下道的老人到哪里去了？你不知道。高跟鞋的鞋跟“叩隆叩隆”踩过地下道的白色瓷砖，你钻了出来。洞口有光。你日日重复的光，以及它必然的将暗。一棵永远开花的树。为此你已在佛前求了五百年。

失语症练习

家具在漂流。

刚搬进去时是空寂的夏天，长长的假期正要开始，附近的学生们忽然大片大片地消失，速度太快，像田里的某种植物，收割以后整片整片地不见。餐馆和巷道，马路上仅有空荡的日光躺下来，午间走过时都忍不住要踮脚尖，走过时尽量岁月无惊，日光在午睡，日光午睡时梦见自己变成河流，醒来就真的以为自己变成一条河流了。

但是我的家具在房间漂流，午睡时梦见一百零一架飞机一架接着一架坠落，脑袋被炸得轰隆轰隆，醒来时已经没有天光，一片黑，屋外是沉默的夜，电话不响时我便拉上嘴巴的拉链，灯光将影子打在墙上，我最安静也最亲密的伴侣，生活像一把利剪，剪去我们的一些东西时真是毫无情面，这么多年来，失去的尽管失去，会回来的就自己走路回来，但再怎么锋锐，十根脚趾拖着时长时短的黑影，好像一辈子都不会离开，地板矮桌上稀里呼噜吸食面条时也会突然停下来，捧起面碗问墙上的黑小人要不要也来吃一口？

近来最亲密交谈乃与 7-11 地中海型秃头店员以两块十元铜板交换绿茶酸奶一瓶。

二十二元，需要袋子吗？

要。

我的索讨单刀并且直入。麻利的那一种。

然后说谢谢。然后自动门叮咚作响。然后砂石车冷不防“唰啦唰啦”过去，玻璃门外的九号公路。

他说他今日没有与任何熟稔不熟稔人物谈话。

我说我今天有进步有开口对着话筒里的你哼哼哈哈，我说如果外星人的间谍埋伏在我家的屋顶以我为范例观察并且记录地球人的行为种种，必会有以下文字以楔形出现：

……宇宙人种之一，面貌没有新意，发声器官常常发生转移，有时鼻子有时嘴巴有时用奇怪频率，常常对着奇怪长条盒子说话，可能饲养某小型动物于其中，但至于如何与动物密谈之技术，至今我们仍无法准确测出……

他在他的房子里笑，我在我的，笑完了都沉默，原来没有在一起。

电话挂上时真以为那动物进盒子里睡了，斗室里家具在漂流，绕着我和我的影子漂流，像游乐园里的咖啡杯，把儿歌抽掉时就仅有旋转摩擦地面的声音，咻咻的几声像什么刚来过又迅速离开。

夏天的事了，米白色的稿纸摊开来有墨色的铅笔字会自行降落。

并且去了几趟不远不近的旅行，但总出不去山。等火车的时候站旁的书店里偶尔带回一两本书，摇晃的车厢里上唇紧咬下唇念出例如“自传的‘日记’今已不甚流行，失去信赖：这像是一个文字游戏，人们在十六世纪时开始写日记，自然而然，称此为diare：腹泻和生蛋白（diarrhe et glaire）”。会身体微微发起抖来。

腹泻和生蛋白制造公司。

夏天就过去。

然后是九月，然后天光颜色深一点。

☆

秋天从来就严肃。

我比较愿意用 meaningless 的态度去解释一切可解释的，

毕竟天气开始变冷，橘子还没开始卖，糟糕的美式咖啡机又哇哇叫，水和咖啡粉的比例没有调好，他与我就着两杯黑苦的咖啡取暖，不过是九月还没有过完，简直我们可以期待不久以后可能有一场雪。

雪是不可能的，毕竟下了会改写历史，他在读我的稿子，我们上空不太远处的天花板有灯光像雨下，他的发亮却没有湿，阅读的侧脸像水刚洗过，洗刷我们的是纸页上跳跃的字，他阅读时我就唇齿咬动杯缘，把下巴靠在我们共同耽坐的那张矮桌上，肩膀是垮斜的，但眼睛看上空的光，看那些像雨滴一样的字，在光束里一个一个掉下来。

“意义对你是什么？”他喝了一口咖啡，眉微蹙，煮坏的缘故，但门外是低温，除了煮坏的便没有更好，否则大可不要。要可不要可，但常常要不可不要可，你也来断断句好吗？一定是有什么使我们被窘迫到最角，从来有很多无聊。

“稿子里不提供意义，不提供出路，你一定要找到解答的话，得靠你自己。”

“我能做什么？你要我去符合它？”

“不是的，时间充满落差与变位，你不可能去符合一篇故事，像挖了一潭大小深度都刚好的湖水能够跳进去并且预知永远不可能浮起，连拎斧头的女神也没有。”连询问哪一把是你弄丢的都没有。不需要。

我们老是讨论主义，好像时代还在热，但明明都是余火。到最后每个主义都指向自己，我们傻得相信现象以及本体以及隐喻的关联，找到隐喻所指的时候非常开心，像存活突然会有了意义，有一些非常浮躁的勇气鼓励我们继续走下去，然后走下去，忽然隐喻又不成立，这次的被搏击更痛，因为到底有没有出口？

还是天气更冷一点的时候会知道？毕竟我们会穿上厚厚的毛衣和外套出门去吃一顿好饭，袖口里把每根指头都伸展，摊开后变成一只掌，但是他和我并肩，走在街灯都融融的人行道上，远着看起来很近，但终究没有交握。

就算最寒冷的时候，也要保管住自己的一双手，别弄丢。

但其实还没有冷到那样的地步，我说起这套话时他问：

“我们不是又回到刚刚的题目上吗？你不关心阅读的人，所以你们要各自拥有？”

可是这是个人的时代了，还有人期望作品带来拯救吗？不过是一篇稿，一些诗，顶多有人会感动，顶多有人说好，但这些不是我要等待的。我要等待的是什么？你以为是意义吗？是谁忽然抖着双手来告诉我他领悟了什么吗？我有点激动，必须喝一口咖啡，吞咽的时候看向他，他像我看他那样看我，你也要来断断句吗？咖啡吞下了却没有话。

交谈时声音像空气，平的，直线流过，无干扰。

“你懂得了我，但我不懂得你。”我说。

附近的瓜田采收完毕已经很久，九号公路上都是西瓜五十元的大扛棒，我在网络上流连过的大半夜有一部分挂站一部分打打字对空白的 word 说故事，故事说完了都住在计算机里，有人说想听才叫它出来跟大家说说话，觉得很好，像交换日记，有一阵子我用一本米白色稿纸，趴在矮桌上写日记，几个短句，一天就轻易完成。

快天亮时如果没有睡去，索性拎着钥匙出门，沿着风大阔静的九号公路走下去，弯进村里，小小的志学街上山东馅饼店，外省口音的老板和唯一的座中客也是外省人也操奇怪口音一起咕咕哝哝讲长字符串，字符串里唯一听懂李登辉的名字与他妈他妈，我要的三颗煎包配昨天报纸看，觉得生命极端贴近每一感官。

极端 meaningless。

天亮时往回走，西瓜五十元的大扛棒睡在路边塑胶棚下，棚里没有人，有好多西瓜。

我说，我今年，遇到好多不可预料的事。

我说我到底却一直把持，我的个人主义，虽然的确常常从鼻孔哧哧地出声，但尚没有嗤之以鼻那种恶劣。

他的咖啡喝得很干，像美馔，我们都不知道为什么，毕竟看见没饲金鱼的杯底便以为尽欢，毕竟看见全家福的照片摆在桌的一角会以为快乐不过一支歌的漫长。

毕竟其实好多人在照片的后面向我伸手，有索讨的也有正要给予的，我老是不接，我老是不敢接，怕会错，这种错和那种错不同，我一伸了手，手掌便不被我自己保管，丢掉任何东西，都没有这个来得令人恐惧。

毕竟会成为惯性，从手开始一路向外扔去，起先是掌，后来是整条手臂，把脚把鞋丢光后只剩下心，尚且会有人来取走他。

“意义这种事，他们问起时要我怎么回答？我连定义都没有，给什么？”

有一天早晨醒来会觉得什么都变糟，是感情的关系，与意义无涉。背起背袋跷掉一整天所有的课走路去最近的火车站，用吃角子老虎的方式决定要去的地方，如果刚好是可以看见海的小站，也会在心里“哐啷哐啷”像赢了整台电动机的铜板那种欢呼，奇士劳斯基电影《Rouge》的女主角，每天早上固定要做的那样，拉杆，电动机跑动，三个框框里葡萄苹果777，没有意外的获得，今天就不会被拿去欠缺。所以不好的时候我常常抽到那些想要去的地方，那些海，那些山洞，开窗的普通车用山洞把窗外的海截成一段一段，一扇窗是一张照片，窗外被切开的海凝固，在它们各自的相纸上。

我说我的旅途里总只听见松动的车壳被风拍得“啪啦啪啦”好大声，斜对角的座位有一个黑皮肤山地青年挨着角落坐，怀里揣一只黑毛小山猪，除此之外，四下就没有其他的行囊。我也遇过背超大行李袋的旅人，在苏花南下的巴士上，脚边的袋子大得离谱，如果说眼前的这人是新闻正在报道的分尸案凶手我也不疑有他，那袋子里装的是什么？是刚刚洗劫过的地方小银行吗？是目睹凶杀案的第三个在场者的手手脚脚吗？然而驾驶座上的司机开始说话了：

“你要去哪里？”

那人的声音在昏色灯光的车厢被拧过。

“崇德。”是我秘密的地方，我秘密去过的海边，这人去那里做什么？

“这么晚，你要回家还是找朋友？”

司机说，崇德那段苏花入起夜一盏灯都没有。

“我要去、ㄐㄧㄝ ㄏㄨㄣ。”他说，说得很慢很不清楚，而且充满鼻音。

深夜苏花空洞摇晃的南下巴士，从日本漂向这岛，一个人，背大袋，说佶屈聱牙的中国话，说要去苏花的村庄娶新娘。

我说我比较相信移动，相信陌生的跋涉里有一些故事会自己开展，我说我比较相信萍水相逢，像两只蚂蚁在轨道上碰了头，愿意交换时打开行囊把故事都倾倒，不愿意诉说时便擦身而过，过去也就过去了，不会再有更多。我说简直我背袋里的相机都多余了，我要做些什么？我要端起镜头“咔嚓咔嚓”将现象留下吗？快门和消逝的声音同步，海和旅人黄褐的脸孔，一被闪光灯收束就同时死在相机里了，后来的人怎么解读？那天的海好蓝好蓝，那天的风和那天的日丽，那天的晴空万里，好像掩饰得很好嘛，好像什么都还握着，没有失去任何东西。我因此这样对张爱玲肃然起敬，能够那样一张一张看老相片的，罗兰巴特是另一种典型，但两人皆喜欢附加注释，两人都没有太不强壮。

“意义都失去了，你写稿子给我做什么？”他说。

这是某一种拍摄，而且你注释得更多。

我无可反驳甚至不要反驳，世界的本质原本就没有意义，但我们不给它意义就会失去自己，就会消失，就会不见，勉强留着也站不住脚，毕竟连脚都不一定为我们所有。

我说我不移动的时候就踞着这矮桌的一角暗暗的光涂涂鸦，虽然夏天才搬进去的这房子紧挨着铁轨的缘故，每天晚上都有火车碾过我的床我的墙壁我的地板，我全身会吱吱作响，终究却没有跳进去任一节车厢，外面夜太黑，外面的九号公路夜里几声“唰啦唰啦”的风挟着车过去了，有时候水沟盖里还听得到水流缓慢的鼾声，极安详，突然追寻和出走会被驳倒，突然声音跳出来告诉你，只要生活，便好，我们一起把眼睛把鼻子把耳朵都关窗好不好？不要在意移动或者停留了好不好？就生活，就是生活了，好不好？

但我是不能掩耳盗铃的。尽管所有的拍摄都指向沉默。

所有的拍摄都不过是腹泻与生蛋白制造公司。

他收好他的专业，我收好我的，但我没有停止拍摄，现在也没有，只是不是拍立得，没有立刻有相纸。我的咖啡也喝干了，两个空空的杯子看下去见底，简直像抹布拧尽水后，干干地把答案悬吊在铁钉上。

鬼才知道。

鬼才知道有没有答案。

我说，我骑车时爱唱歌，爱自言自语，安全帽的透明罩里好像一个小房间，念几个句子一首短诗一句喜欢的歌词譬如一把沉默压在胸口和厚重的心碎并肩走，譬如你不觉得她很适合譬如说奔跑？最不可干预的地方在那里面，比书写时还要安全。他说这是鸵鸟吗？他说你紧张时也会把头埋进沙堆里说不知道不知道然后一了百了吗？我说我不知道不知道，他说哎呀你现在就是了啊你现在头就是在沙堆里的了，休想这样就一了百了。

外面是中秋，好远的烟火在天边招手，好冷的秋天来得太早，好无聊的街被烤得太熟，我想要的橘子还没有红，他说我们踩拖鞋到街上去吧，把风踩平，踩成一条线，五十元的西瓜们会边打呼边梦游边跟着我们的线走。

所有的散步都会把脚散掉，所有的话语都会沉淀在街道，声音是瞬间的事，只有瞬间充满意义，解释瞬间的意义后来都变成故事，虽然的确瞬间的事无法留存。

Meaningless。

看照片时已经不再关心里面的人物是谁，并且惊讶我也有那样在相纸的许多人头里用手指寻找自己的年纪。

不过一张一张都是一场独幕剧，有人演爸爸有人演妈妈有人是来赚外快的就演一个路人甲。最伤心的时候会说这种话。

“你的个人主义不是有心，是性情。”他说。

随性就有真心。毕竟冬天就要来了，陈绮贞的 MP3 在计算机里一轮唱过一轮，唱你的毛衣跟着我回家了，唱你曾经把它借给谁？

两季在走，斗室无声，现在还借不借得到系住漂流家具的绳子？好高的路灯让我的黑小人快快长大快快变强壮，温度像一把利剪时也不会轻易把我们剪开，失语的时候不至于完全沉默。

向来都是这么尴尬的区位。

火宅之城

再次我来到你的面前，是很久很久以后的事。在一个日常的社交场合，嘈杂的人声与喧闹此起彼落，伴随着杯盘撞击的细微声响。所有人都领取到他们想要的。餐食。音乐。话语。人们端盛着托盘离开，又端盛着托盘回来。他们说：请给我这个。请给我那个。请给我再多再多。这原来是一个交换的场合。而我们已不再交换任何物事了。隔着落地窗玻璃，巨大的黄昏崩落下来，城市的底部，那些屋瓦那些细小宛如肠道的道路，竟显得如此粉身碎骨。有一瞬间，我几乎要感觉脚下的地板正在轻微地摇晃。我问：你是谁？你是一个陌生人士。为何我们站立在此？

这不是一个哲学问题。这是我生活的全部。

最后一日你宣布：

“我是一个正常的人。”你就穿鞋大步离去。

而今我每日对着镜子里的自己大声地说：

“我是一个正常的人。”像体操选手的规则喊话。海豹转圈。拍手。而后滑行退场。

声音来回交叉撞击在四面墙壁，像拓扑，又像某种印记。痛苦而扭曲的许多印记。我吞下一小片药后出门去。

白天，在一个无人相识的工作场合，一张被安排给我的办公桌，一架只储存工作的计算机，我有礼地处理细节上的一切。

从那时候开始，我已不再妄想与这个城市的任何一切有关了。

☆

屋外是繁弦流过的城市闹区。衣着美丽的善男子善女子翩然过街。敦化南路上的车流老是在下班时间阻挡我，有时我激昂地想，这些事物与我是什么关系？我与这个城市又是什么关系？凭什么它们可以这样无礼地穿过我？

“进台北十年，我有时并不清楚自己是谁。”

“那是因为你是个异乡客。”你阖上书本疲倦地说。

“不全然是那样的原因。”我说。

有时，一日忽然降临。凌晨六点钟我醒来，房间被青色的淡薄光晕围绕着。你翻身睡去的脸五官凹陷如猫。几乎不是人间生灵。我有时会绕过你，起身到流理台去烧一壶热水。热水烧开的“哔叽”声响中，你发出被打扰的声息。我们的日常，如此孤独的淡蓝色房间，我觉得极愉快。

只是能记住的，都不是早晨了。

我只记得那些重复来临的下午时刻。那些挂钟上显示着右半部的极正确氛围。

“世上的一切都只是人与人的关系。”

“也包括我？”

“也包括你。”

傍晚来临了，一日的最终，贪嗔老苦病死忧悲的下水孔，一切都排泄阻塞在这里。

你不再说话。你只是惯常性地弓着背。转过身去背对着我。我忽然觉得非常难过。你弓着背意味着将我阻隔在敌营的阵线。在话语里，在你一手铸造的论述中，你宁愿死守论述的城墙而放弃了我。而当你遇到你无法回答的问题，你便大声地沉默。

公寓里，光影一点一点地斜去。退缩。终于再也没有。家具在影子被拉到最长的瞬间，忽然被海潮般袭来的夜晚整个吞没。

“我恨黄昏。”我听见自己的声音说。

☆

一天就过完了一年。是谁的句子？一年以后，我在哪里？哪里也看不见。每天，我从城市的南端去到北端，有时是一个会议场合，和许多人见面。那些下午的日光里总会有一条不知通往何处的道路；那些捷运窗外的天际线总是一次一次被推延向更远；那些在任何时间里都三三两两出现的女高中生们小声地喧哗着上车又下车；那些大楼那些会议后的谈话声线全充满飘浮的粒子，那些景观植物都强烈干死。每天我打字，寄发信件，与人通话，每天我走一小段路，散步，买水果，复健似的做完这一整套运动，这就是我一天所能做的所有练习。

但我仍时常想起那扇门。隔着门板你的鞋子踩踏在公寓廊道的地板发出细微的摩擦声。那些声音像是星球般自远古离去。以光年的距离。

此后你不再来到我的办公室。只有那个下午。

曾经我们是彼此的病患。曾经，隔着一张沙滩般的长桌，我们赤足来到一个无人海岸。

后来你先复原了。你大声地说：

“我从来没有生病。”

沙上为什么没有任何足迹呢？远方，彩色泳衣的细小人影追逐着海浪，海面上有密密的乌云席卷过来，向锯齿状的岸边。沙与沙很快地掩饰起来，彼此覆盖，沙丘在夜间匍匐前进，宛若夜行。而这个下午，我们又坐在一张长桌的直角两侧。呈现固执的九十度。

“为什么回到这里来。”

“今年以后我看不到明年。后年。甚至大大后年。”你说。

“看这么远要做什么。”

“想看看你在不在那里。”是你故意这么说。是话语故意这么说。

关上百叶窗以后，室内就荫翳了。窗外是盛放的夏日。几乎烧灼掉整片树林。隔着一面墙，我知道办公室外的巨大公园里，满地都是喧嚣吵闹的光线。是光线？还是蝉的声响？是夏天里所有所有被凝聚的声音？

一个高音扬起。而后终止在极高极高的日常。无法下降。我听到自己的声音这样说。

“你明明知道，从来没有存在过。”

在凝止的音阶上伫立，像鸟。在不断下陷的夜晚的流沙之中，我在沙中掘出了你的眼睛你的耳朵你断裂如同鸟羽的眉毛；在这座坚硬的水泥墙外，巨大的黄昏倏地压抑下来，夜晚倾轧过来了。

我忽然如此确切地知道。

我们的城市开始着火了。

千高原

我的一些朋友都纷纷活过三十岁了。年轻的时候，总有一群友人说绝不活过三十年。为什么不是二九或者三一呢？想来这也是一个充满记号的浪漫说法。记得某次聊天不知道是谁说的：“三十岁以后，就是换取的孩子。”而那时我们以为拒绝或者换取，都是可以选择的。如同选择一片海。一幢铁轨旁边的屋子。我记得十八岁时我告诉母亲：“我想去那里生活。”就这样搭上长长的火车到了东部了。那时的我从不选择未来，连意志也没有。我与我的未来就像蚂蚁与蜜之间的关系，所有的选择都是一种路径。只是沿着隐喻的洞穴，一个巢洞钻过一个巢洞，就来到了纵谷之间的平原。平原上有风，冬日来时总是呼呼地吹着，像一个巨大的音箱，身体里的每一个孔窍轻轻摇晃就流出一点水来。很多年以后，我才知道那些孔穴与孔穴间的甬道，承载着什么样的时间。不知在哪本书上读到的：十几岁到二十岁，日子总像飞的；二十几岁到三十岁，每一年都是跌的过去。只是一个踉跄，我已不在相片里的故事中了。

当年说这话的友人们，如今和我一样各自居住在城市千门万户的某扇窗里。独居，散步，每日工作，惯于一个人进行晚餐的工作，并且从来只在地图梦想旅行。有时我会做菜请一个朋友来吃。在小小的屋里，冬天的寒气将屋子整个包裹，像一枚果核，可以让我握在手心取暖，一个人度过极长极长的、地底洞穴般的整座冬日。像是童年时代许下的某个愿望：总有一天，总有一天，我必要远离父母至亲，到一陌生之地去生活……总有一天，我将会完全感觉自己的意志与心灵，铅锤般地沉沉握在掌心，一吋一吋，仿佛驶舵，带我驶出童年的那座白色森林。总有一天，总有一天，我将会把疼痛的种子妊娠般地产下，如同母鱼与卵，在某地隐秘的洞穴裂罅，产下一棵可以遮蔽自己的树。

可是真的会有那样的一棵树吗？在这个潮湿多雨的盆地，夏天的暴雨总是将道路刷得一片晃白。每年春天跋涉至此的沙尘吹得一头一脸都是沙子。还有冬日，极圈般昏暗而永无止境的冬日。我真想把身上拖带的一整座身世都埋进季节。遥远的南方？还是一个比南方更远更远的地方？远在记忆之前。每个故事的开端都是：从前从前……像一个巨大的隐喻——从我三岁开始，父亲每年总会带着我与母亲，搭上夜间的国光号，到那座折叠在黑夜尽头的精神病院，去探访父亲那从十二岁起即被隔离在此的哥哥。那时还没有南回铁路。我们从高雄、屏东、枋寮、枫港……转进夜色昏暗的肠道山路。车窗一片漆黑。什么也看不见。但我知道黑暗里一边是陡峭的岩壁，另一边则是深不见底的山谷。童年的我趴在车窗上担心地想着，如果睡着的话，会不会尿床呢？于是一直忍耐着不肯睡去。而那像是被蝙蝠所窥看的车厢，摇晃着一盏极小极暗的灯光。等到迷蒙间终于醒来时，天色雾茫，夜里的车厢像梦一般的倏忽消失了，而我醒在父亲的背上，像做一个长长的、关于旅行的梦。

那几乎是我对家族最初的悬念。一个梦境。梦里的我总担心自己会不小心睡去，并且在梦里做一个永远不会醒来的梦。如果醒来在一个梦里，那么醒来的这个我，又会是什么人呢？所以我是如此地害怕在镜子里看见另一面镜子。就像我的祖父、父亲与伯父。他们面对面坐着时总像一面镜子里还有另一面镜子，宛如五官乱伦的叠床架屋。童年时的我总是非常害怕，那些垂挂在脸上的、相似的眼睛耳朵与鼻子，只要轻轻抽出一块，就会骨牌般地整个溃散崩落。伯父的病情时好时坏，每年都被分配在东部院区的不同分院。于是我与父亲母亲，简直像是某种仪式般的，年复一年，在冬天尽头的季节里，搭乘夜间巴士去寻找一座四处漂浮的精神病院。那是我大学时代以前的一个隐喻。关于家族，还有关于他们有朝一日必会整群全部消失的预感。于是在后来的那些父亲离家的日子里，我总像是为了维系着一根仅有且极细的钢弦，一个人沿着童年时的记忆，到玉里的精神病院去。

那几乎也是我大学时代每年四月的一种仪式。志学、寿丰、丰田、万荣、凤林、光复……一站一站，就这样搭乘蓝车厢的平快车到了玉里。四月的纵谷平原灰蒙灰蒙，有时落着细小的雨。

我沿着铁轨走一小段路，以为那就是那个四月我所知道的全部。

我不知道他是否认出我是他弟弟的一个渐长渐大的女儿，又或者只是把我当作一个年年来访的奇怪访客。我甚至不知道他是否因为等不到那个每年都来看他、帮他戴上冬天小帽的女孩，而终于钢弦细索般地断裂而死去了。他死的那年是我唯一没有去看他的一年。那一年的冬天极冷极冷。我在一年的最后一天，一个人在空无一人的办公室里工作到午夜，并且拖带着没有情绪的身体回家。感觉非常非常地疲倦。我一点也不想去关心任何一个人；关于未来，关于即将出发前往的明年，还有那些明年的明年，日复一日，越过了高原还有高原。我记得最后一次去那河堤上的精神病院，整座天井好摇好晃的天光，流水一样地散落在地上。一千零一夜。他也有过那连绵不绝、仿佛剪纸般一串又拉出一串的一千零一夜？莎赫札德对国王说：我说一个故事给你听，请你不要让我死；从前从前……

时间牢笼。有一日醒来我就被关在一个永远的今天。日日重复一个昨日的记忆，并且永远对明日许愿，就像我二十岁时所唱的那首歌一样，再见明天明天只在我的梦里面。二十岁的我们在小酒馆里且歌且哭，谈起三十岁的死像一个碑记。并且仅止于谈论。谁去那碑记的后面死过一回又重新回来？于是我们所谈论的，不过只是一个关于旅行的梦，一个预言，又或者其实我们所谈论的是一张关于明天的地图。很多年以后，当年一起在酒馆里的友人告诉我，那是因为那时的他怎样也想象不到关于自己的三十岁。“我永远不可能结婚，和另一个男人拥有家庭。也不可能回南部的老家去。”他说。三十岁以后，他就真的这样生根植物般的被种在这座城了。

而这座城的廓线日日都在移形换位，有时仿佛一个谎。蓝色的板南线每年都有人跳轨，并且跳轨的地点永远都在西门而不会是忠孝复兴；你敢吗？你敢的话就在尖峰时段的早晨九点跳下忠孝复兴随便一个月台，整个月台挤爆的上班人潮都会在台上和声教唆：碾过去吧！碾过去吧！不要延宕我们打卡的时间！

于是它终究成为一个计划，并且也永远只能是一个计划。像浦泽直树的《20 世纪少年》，被秘密地埋藏在某一年的冬天，一个关于明日的传说：在明天来临之前，我必会如同那个预言所说的死去，死在三十岁前的碑旁，无所憾悔；在明天来临之前，我要以一个死亡的许诺，召唤那横跨过死亡后的，一个永远的明天。

然而明天一直没有来。来临的是那伪装成明天的未来。空白而肥大的未来，如同底片的卷轴“唰”一声地在烈阳下拉开，大片大片的曝光与反白。你日日死过一回又日日复活，日日走一遍相同的街道轨迹生活的路线，日日用同一个马克杯喝水。日日复习那个一说再说的故事：从前从前……直到从前在叙事里被一再地擦拭，像一条再也拧不出水的抹布。从前从前。我们终于不再有从前。

将道路走成一个弯，穿简单的鞋。

我是如此持重地穿入九月。

在身体埋下一颗种子，仿佛怀了一个孩子。

道路冬天，它会不会种出一种年老动物？

辑三 / 光年

Pluto

后来，绿色的邮差经过我的窗口，我想问他，知道 L 的消息吗？

他有一口大袋子。每天，沿着坡道的人行道，一个公寓一个公寓地喂食着，把信件塞进红色的信箱。我觉得他好像一个绿色的圣诞老人。不过，袋子里装的不是礼物。是空白的纸。

也很像动物园里的饲养员，带来食物与饲料，放进木槽，对着栅栏里的动物说："请多吃一点。请尽量多吃。"

星期天的日历快要撕完，十二月来到了尽头，已经是今年的最后一个周末，但是，城市有一种蓝色的寂静，靠近耳膜。

隔壁房间的最后一位房客，按了按我的门铃，跟我借了绳索。

“我要把行囊捆绑在自己身上。”她说。

“不用货运吗？”我把绳索递给了她。她的脸孔因为劳累的缘故，显得非常疲惫。

“不会再有货运的车来了。”她说，“电话已经打不通，而且，也不会有接的人存在。”

“要去很远的地方吗？”

“嗯。总之，会先各处旅行。”

周末的下午看不见云上的岛屿，只有密密的云层和永无止境的阴天。

城市里的信箱好像都积了雪。但其实不是雪。雪的预警在气象预报里，显得非常微弱。冬天愈来愈冷。L没有捎来任何信件。他一点也不知道，每天，我在这个窗口，为他所做的事。

“从这里看出去，没有建筑物的阻扰，可以看见冥王星。”那时，在夏天夜晚的窗口，使用着天文望远镜。L这样对我说。

“已经这么靠近了吗？”

“还会更近的。”

“冥王星是一颗矮人的星，所以，它也居住在宇宙的矮人森林里。”在漆黑的房间里，看不见L的脸。但是，L的声音却很清楚。隔着像是几万光年的距离，从空空的光之甬道里，向我传递过来。L究竟有没有说话呢？

“所谓的宇宙，就像载着各种植物的地毯，在无边的黑暗里飘浮，所以，森林也会慢慢靠近彼此。黑色的森林、蓝色的森林、云朵般的森林、有湖泊的森林……”

“星星也会死亡吗？”我谨慎地问着。

“会的。会生病，也会死亡。”L说。

“死后的星星就会被运送进那些森林，永远地埋葬。”

说着这些话的L，在夏季结束以后，就与我道别，从这个世界上消失了。或许，L也像是天空里飘浮的星星一样，被运送进某个我所不知道的森林。L的脸颊那时像星球一样离我好近好近。倏忽又遥远了。

冬天的夜里我把望远镜收起来，天空是一片的灰暗。没有星星，每天晚上，我沿着街灯明灭的坡道，提一袋苹果，走很长的路回家。

坡道的公寓几乎已经净空。没有人声。冬深一点的时候，电视机里只剩下气象播报台，其余的频道都是沙沙的噪声。

气象播报员穿着夏季的夹克。他身后的卫星云图上，布满高气压的等压线。

“明天会是个好天气。未来一周晴朗无云。”

但是，窗外的阴天，为什么这么茂密呢？

或许，这其实是夏季某日的气象。被穿插进电视机里的某个频道，像是录像带般地被重复播放了吧。于是，我有了一部气象预报的电影。夏天的播报员，看起来很年轻，好像一结束工作就准备进行野餐。夏天的卫星云图上，从云带里长出了漩涡状的台风。

那样的台风，在夏季的海平面上消失了吗？变成海水，来到冬季的海洋。只要还有太阳存在，总有一天，会再回到天空，成为很好的云朵。

没有正确的天气预报。没有日历。每天睡醒，看见了窗外的白光，就知道是一天了。今天会是什么样的天气呢？每天，我起床，刷牙，喝牛奶，从衣柜里挑选最喜爱的衣服，到街上去。街上的店都关闭了。只剩下伫立的自动贩卖机。有水果、饮料、食物，有各种需要的东西。他们离开前，把城市里的一切，都做成了自动贩卖机。

我投了币，硬币掉进机器的底部，传来非常清脆的声响。罐装的热咖啡“咚”一声掉下来。在空荡的城市里形成回音。我捧着那个，到坡道外的河堤上，拉开拉环来喝。

绿色的邮差偶尔也会过来。在送信的途中。我们并肩坐在河边的草地上。

“你在等信吗？”他说。

“我没有在等待什么。”我说。

“天气愈来愈冷。”他说，“后天开始，要下雪了。”

“是的。”我点点头。

“你在做什么呢？”我指了指他的袋子。

“送信。”

“但是，这座城市里，已经没有人了。大家都走光了。”

“我知道的。”他点点头，说，“但是，必须要这样做。”

“我的工作只是传达而已。只要有需要我传达的人存在，就必须工作到最后。”

河堤的对岸，也是空空的大楼，没有人声。马路上少了汽车，变得好宽阔。窗框、透明电梯、大楼外高墙上的直立广告牌，不知道为什么，看起来像是一个抽屉里的整齐方格，把世界切成一片一片。

“这座城市里，还有别的人类吗？”我轻轻地问。

“有的。”他说，“也有留下来的人，专程等待着别人寄来的信。我想，他所等待的，一定是非常重要的东西，所以，才会一个人住在那像是缝隙的公寓里。这时候，信件就变得十分重要。因为那是活着的证明。”

河水从上游慢慢冰冻，偶尔，会有浮冰漂过我们面前。河里的鱼好像潜到更深更深的河道底。甚至，顺着河流，到水温更暖湿一点的海洋去了。水面的倒影看不见河底的水草，只有深深的、仿佛整个宇宙般静止的深蓝。之后，这条河会被完全冰封，成为冰的国度。

绿色邮差站起身来，拍拍裤子上的草屑，注视着对岸的大楼。

“降到零下五十度的那天，我就要走了。”他说，“离开这里到南方去。”

“道路也会结成冰吗？”我问。

他点点头。

“什么都会被冰封住。大楼、树木、高塔、红绿灯、百货公司……会变成一个冰箱里的世界。一切会变得非常透明。”

啊。如果可以。真想看一眼那样的世界啊！

“你看这个，”他从上衣口袋里，拿出了一封信件，“是观测站的人寄来的。”

“下次雪融的时间，是两百万年后。”

南极的陆地渐渐靠近了。我有这样的预感。城市里的人声愈来愈少。公寓一楼的庭院里，爬满芒草。进入了冬深，绿色邮差也不再来了。所有信箱里的信件都发着抖。

夜里，梦见破冰船割裂冰块的声音。嘎吱。嘎吱。空荡荡的船上只有我一个人，在怎么样也找不到出口的房间里，一扇门穿越一扇门。

门打开了还有门。我一直一直不停地奔跑着。在倾斜的船身。听见破冰刀一刀一刀将冰块切开。门打开总是一大片一大片的黑。直到我握住了下一个门把。扭转。梦境在重复里回旋地倾斜。

黎明般的光从门外拍袭过来，我从睡眠里睁眼醒来，是天亮了吗，好像也并不是。房间却宛如白昼一片亮晃。这是个很白的梦。

走到窗边，拉开窗帘，强光从窗外扑照进来，令人无法直视了。

“啊……那个是……”

从窗口眺望出去，遥远的城市尽头，燃烧着这个城市里最后一批的煤油，在夜色里，那洁白的、像是婴儿般的火箭，静静升空了。

Pluto。

我念出声。冥王星号。

冰霜慢慢地爬上了斜坡。像是苔藓。覆盖住公寓的墙壁。信箱。庭院。树木凝结成白色的手。我打开窗户。想让白色的冰之手，伸得更进来一点。

“在这个房间里，晴朗的时候，可以看见冥王星。”

仿佛，听见 L 的声音这样说。

“如果可以，我会在冥王星上挥挥手。”

房间已经没有电流。流理台里，水龙头也滴不出任何一滴水。水管都冻结了。我静静地在地板的中央平躺下来。

窗外，有一片雪花飘了进来，落在我的鼻尖。慢慢地，濡湿了。房间四周的墙壁，结成了薄薄的冰霜。远方火箭发射的光透过窗户，打在家具的表面上，一片亮晃。

我是不是这个城市里，最后一个人类呢？

两百万年后，我会在这个箱子般的房间里醒过来吗？雪块渐渐融化，从我的脸颊流泪般地褪去，两百万年来，我冻结的双眼，隔着雪块，始终凝视着窗外无尽的星空。

如果，醒来的时候，刚好是夏天就好了。电视机里会播报着低气压的消息，人们在骑楼下躲着午后雷阵雨，野餐回来的孩子们，穿着雨鞋，在窗下的斜坡道上奔跑，溅起低低的雨水。

非常地，非常地温暖。

二〇八二年的最后一天，结束了。

用眼睛开花

支离疏搬进来那天，我的门铃坏了。我刚结束一个长长的，长长的旅行，那好像是一个必须越过很多很多山与海的飞行，动身前我忘记关上浴缸的水龙头，电梯将我送到这公寓的第十楼，我的旅行箱底座滑轮因我用力的拉扯卡在电梯门口小小的缝隙，电梯门很快地阖了起来，那只黑麂皮的旅行箱被夹在中间，我叉起腰，转身往十楼走廊的最后一扇门走去。支离疏蹲在我家门口。他在地上画圈圈。

你是谁？我问。

他没有回头，他的黑色发旋对着我像一张嘴巴般的开阖并且发声。

你家，（他张开发旋说。）你的家，长出了河流。

水流开始从门缝里缓慢地渗透出来，一种黏稠的蔓延，我尖叫起来，在那个长长的，长长的公寓走廊上，我转身没命地奔跑。

而支离疏和我的旅行箱却那样安静地，各自坐在原地。

我的确是从那一刻开始爱上支离疏。因为他浮动飘移的器官以及长在头发上的嘴巴。支离疏有一张好看干净的脸孔，但是线条或者轮廓却从未定型，我常常凝视着支离疏线条崩散的轮廓，非常非常久，那种感觉就好像坐在远方国度的东方列车上，列车颠簸地跑动，邻座的人们变成图稿上未完成的草图，没有颜色，没有明暗，只有分叉的声响与曲线。

有时候我问：你今天将什么藏起来呢？我总觉得你有东西缺乏了。

支离疏便会将背在身后的双手拿出来，摊开手掌，那里面有时是一只眼睛，有时是一只扁平小巧的鼻子，常常，更多更多的时候，手掌里有许多许多大小不一肤色不齐的耳朵。

我问支离疏，这些都是你的吗？你从哪里得到这些？

他抿起头发上的嘴巴摇摇头，然后，将那些眼睛鼻子或耳朵，一只一只吊饰般的挂回自己的脸孔。

然而在那张挂满眼耳鼻口的脸中，我发现我的爱情无以复加。

我们的婚礼没有礼服，因为支离疏肢体的分离愈来愈随心所欲，他常常将手臂或脚踝拆卸下来游戏，并且乐此不疲。没有任何一家婚纱店愿意替我们量身做礼服。他们对支离疏歪曲的身体有的感到害怕，有的则是态度强硬。

如果他有天高兴将身体突然变成杰克豌豆那样大，或者变成沃尔夫精灵那样小，我难道要不停地替你们做礼服吗？裁缝师说。

因此我们连婚纱照也省却了。我却非常非常开心，在夜里我拨开支离疏乌黑浓密的头发亲吻他发旋中的嘴巴，那些丛草般的头发里，支离疏将他预备的眼睛都贮藏在那，那些眼睛里住着一片红色的舌头，在黑色的发里晶亮地闪烁。那一瞬间，他的头上突然都是一撮一撮尖红拔起的舌头，就像希腊神话中头发长出蛇蝎的女神，我好像拨开了黑夜突然触摸到星星，我抱着他忍不住喊出声。

啊。美杜莎。

啊。美杜莎。

虽然现在的我好像逐渐遗失一些器官了。某日早晨我在梳妆镜前讶异地发现我的右耳不见了，而且鼻子的高度一天比一天颓圮。

我知道这是支离疏偷偷地拿走了，趁我睡觉或不注意的时候，他像拆下一根螺丝钉那样地拆下一只手臂，然后命令它在我熟睡的身体上予取予求。

就像一块橡皮擦那样擦卸掉我身上脸上一些漂亮的器官，有的时候是一根睫毛，有的时候是一只小指，有的时候是我与妈妈相像的薄弱的耳垂，直到有一天，我什么也不剩。

我知道那一天肯定会来临，然而我仍然非常非常地开心，并且比从前更加喜欢着支离疏。

有一天我的脸孔一定会什么也不剩，就像一张待填的试卷。

那时候，支离疏一定会将他头发上偷来且秘密藏匿的眼耳鼻口全数倾倒在地上，然后，用一张拼图的耐心，坐在那里替我寻找最合适的器官。

上吊者的小屋

在租屋网上找到的那个房子，坐落在盖有小屋的静巷里。网页的主人这样写着：三面采光，良好通风，附简单家具吊扇，夏天凉爽，冬天温暖。

真正到那个房子去看，是夏天午后的寻常一日。三点钟的日光还很强烈，照射在巷子的小路上闪闪发着光，两旁围墙的树荫，安静地在河水般的光线里睡着。这里离闹区的马路有点距离，听不到车声。夏天的日光晒在皮肤上有点刺痛，麻麻的，又有一种舒坦的感觉。小屋就在那条道路的尽头。

真的是古老的房子。租金非常便宜。年初时工作的杂志社倒了，幸好也存了一些钱，靠着打工总算撑到了现在，不过，原本的房子租金太贵了，所以只好搬家。

屋主还没有来。我站在树荫下等待着，边漫不经心地打量起眼前的小屋。

是这一带走几步路偶尔会突兀地出现的日式房子。大学时，我常骑脚踏车在这附近闲晃，朋友 K 告诉我，这些房子都是以前教授们的旧宿舍。

小屋不像这条巷子其他的屋子那样，蔓生着荒废的杂草。从围墙外踮起脚尖，能看到墙里修剪整齐的花木，摆放着美丽的盆栽。廊檐下，落叶一小堆一小堆地扫在一旁。小小的庭院里有一棵不知名的树，开满了夏天的花朵。那些花是鲜艳的黄色，跟脸一样大，垂吊着长长的花蕊。蝉声就从那看不见的树叶缝隙里传过来，嗡嗡嗡嗡，嗡嗡嗡。

那样的声音出现在午后无人的巷道里，使得夏日的光线，也喧嚣了起来了。我有一种被这不知到底是蝉还是日光的声音，阻绝在某个空间里的错觉，那时我觉得，夏天真的好吵啊！

穿着白衬衫的屋主从巷子那里跑来。我们姑且叫他 A。A 边擦着额头的汗边跟我说，对不起，迟到了，因为停车位一时怎么也找不到的关系。我说，不要放在心上。我没有等很久。

A 从口袋掏出钥匙。单薄的两支，彼此撞击，发出微弱的单音。A 用其中一支打开了围墙的门，庭院里，就如同墙外所看见的那样。软湿的土壤踩在脚下，有一种微妙的感觉，隐约像踩踏在柔软的什么之上。A 又用另一支钥匙打开了屋子的门，这扇门好像很久没有被开过，锁孔有点困难地转动着。灰尘先是从门缝里“噗噗”地扬起，老旧的木头“咔咔”作响；随即，拉门推开，大片的光河水般从屋内涌来，阴凉的廊檐瞬间明亮了起来。

小屋里，什么也没有。木质地板反射着整片窗外斜斜照进的日光，像是沙滩一样。我站在海潮尽头的玄关。夏蝉叫得更大声了。

不知道为什么，A在那个时刻，并没有像其他房东那样，絮聒地介绍起屋内的一切。A只是非常安静地站在我身后。

光线的尽头，有一个东西吸引了我的注意。那是窗台边，一个被光摇晃得轮廓模糊的黄色荧光物。我微微眯起眼睛。

感觉瞳孔缩小，光线被调节成刚好足够辨识物体的流量，我看见那只黄色雨鞋，就安静地坐在流理台边的窗上。

那是一种奇怪的黄色。被光线的水流冲刷、洗涤，变得更加迫近而刺目，令人忍不住要伸手遮蔽这逆光的视线。在遮蔽里，不知为何，总感到一种像是疯狂，却又无以名状之物，从那破裂而溢出的鲜艳黄色里，流泻出来了。

“这里是个好房子。”身后，A突然安静地说了。

“从前，是我父亲和学生共同讨论功课的地方。”

“厨房还在的时候，母亲总是在这里烤着饼干。偶尔也做炸年糕之类的甜点。父亲的学生们就在像今天这样的下午，骑着脚踏车到来。脚踏车煞车时发出了‘哔叽哔叽’的声响，即使坐在这个房间里，也能清楚听见。”

A 的声音，像是投进井底石头的回声。非常清晰，而且被单一指名地投递回来。回音从空荡的房子四周传来，又逸散在透明的、仿佛无介质的日光里。蝉声轰隆轰隆响。

仿佛变得大声了。嗡嗡嗡嗡。嗡嗡嗡嗡。

可是，在那噪音的极大值处，不知道为什么，有一种波长拉到高原的状态。忽然，令人觉得静极了。

窗外，可以看到庭院里的树，人脸般的花朵，躁郁地盛开着。那奇怪而浓郁的黄色，像在对着窗边的雨鞋说话般的，远处，脚踏车刹车的铁锈声，哔——叽，传来了。

“啪”一声，吊扇的按钮打开，天花板上，扇叶缓慢地转动起来，阴影打在地上，终于随着速度，变成了一个圆形，一个轮状滚动的圆形。

身后，传来 A 的声音：

“电力也是正常的。”

“我母亲偶尔会来打扫屋子。她来的时候，就会检查电箱。”

“这里有租给别人过吗？”我问。

“有的。不久之前。不过他们住得不久。”A 说。

“对了，这里还有一个房间。”

我跟随着 A 的脚步，来到起居室隔壁的一扇小门。小门没有上锁，A 扭转门把，发出“咔嚓咔嚓”的声响。

探头进去。那是个墙上只有一面镜子的房间。四面墙壁，都没有窗。

镜子映照出我的身影。大概是背光的缘故，身体的轮廓，不知怎的，有一种深描地线条。像从那铅笔线条般地轮廓处洞深的海沟似的。身后，A 阴影般地站立着。

不知道为什么，我慌乱了起来。

为什么蝉的叫声这么大呢？

为什么这个镜子会在这里？

为什么窗边有一只黄色的雨鞋？

为什么树上，开满那鲜艳颜色的黄花朵？

A 忽然消失了。

我跑出那个房间，日光大片洒在起居室的地板，奢侈而疯狂地发着光亮。吊扇“啪哒啪哒”地，规律而机械地发出声响。阴影拍打在我的肩膀上，漩涡一样。

A 到哪里去了？

他好像说了“我去拿个东西”这样的话，可是，又好像没说过似的。我不知道我是否是为了合理化他的消失，才编造出他的话语，但是，他的声音像是星球般，确实靠近，而倏忽远去了。我究竟听到了什么？

啊。一定是因为蝉的叫声，太大了吧！

传来细微的声音。从房子的角落。

那是单调的声响。只有一个音阶被扬起。

木质地板的深处，好像传来脚步声。那声音，像拎着钥匙的某人，从地板底下，裹着纱布般来了。

这是发生在七月左右的事。

父 亲

年轻时写的小说被朋友 P 君说：为何你故事里的人，总有一个诗意（且几近不存在）的父亲？而母亲总是家庭剧场里唯一留下来和女儿对峙的角色？几年过去后重新回想起这段话，我想到十九二十岁时的离家时光，开始独居的日子。那确实也是父亲真正从我们的家庭剧场离去的时间，奇怪的是我一点也没有感到过哀伤，甚至有种早该如此的感觉。童年时的父亲是个不擅言辞的男子，拥有甲状腺亢进的宿疾。我还记得小学一年级的数学作业，因为解不出习作上的算术问题，父亲一把掀掉我正在做功课的小甜甜矮桌。由于整个过程实在太突兀，以致长大以后在希腊神话的课堂上读到海神波赛顿时，总是没来由地想起了父亲。那当然不是他所愿意的，只是一种腺体的激素分泌而已。童年时代的我如此理解愤怒。于是在长大以后的许多亟须激情的场合，我总是本能性地用一种观看显微镜筒里切割叶片的细胞般的态度，让自己从漩涡的核心隐退下来。童年的我告诉自己：父亲并不能伤害我。

父亲的膝盖里有一块铁片，母亲说那是年轻时因工作受伤所放置的，用来支撑左腿的关节。在我的身高尚不及父亲大腿一半的年纪时，这条伤疤日日都来到我视线的水平范畴，取代了父亲的脸孔。它像是一条神秘的拉链，通往我与父亲之间共有的那面濒临悬崖的海沟。我有时会想象那块铁片，在父亲腿骨的组织间蜉蝣般地漂流。以致后来当我想起父亲的侧脸时，不知为何总必伴随着那条锯齿状的伤口，像是被针所缝补过。父亲在我的小说里，成为高帽子的厨师、离家出走的寄居蟹、单脚的加西加卡吉卜赛歌手……小说里的父亲总像从马奎斯的南美洲森林里走出的人物，热烈、诗意，擅长魔术。在那重复性来临的书写之中，我渐渐遗忘了父亲真正的脸孔。

我忘记第一次被父亲高高扛起在肩头，差一点就能触摸到日光灯管的惊恐颤抖。我甚至忘记那时的我是一个多么不安的女儿。自闭，瑟缩，害怕人类。可以耗费整个下午观察水沟盖里不断涌出的蚁群。父亲总是在傍晚回来。我们出发去一个街角的书店。那是二十世纪九〇年代初期乡下普通得无法再普通的书店，混杂着黄昏水果店与面摊的嘈杂声。街灯刚刚亮起，天还没有全部暗下去，呈现一种透明的蓝色。那种蓝色使四周的一切都阴暗了下去。

父亲从那样的阴暗中抬起头来，隔着背光的书架，他眯着狐狸面具般的脸孔，微笑地俯身对我说："长大以后，要不要当小说家？"我非常讶异地回视了他。我不知道父亲为什么要对我说出这么暴露的话，也不知道父亲是否明白他所说出的是一个多么可怕的暗示，暗示我们此后必将永远处在佚失与追捕的循环之中。而仿佛为了防止这个预言成真，此后我再也没有给父亲看过我的任何一篇文章；但是，即使是如此，父亲仍在我十八岁的某一天夜里根茎植物般地原地消失。我忽然理解，所谓的语言，就是命运。父亲离家以后，我总想不起最后一次看到他的脸孔，五官的排列组合。我只能想起那个童年时代与我的视线齐高的膝盖伤口，还有那块看不见的铁片，鱼一般地割开了记忆的薄膜。十年以后父亲重新回到家，仿佛出门远行的尤利西斯，没有人知道他去了哪里，是不是也在航行的路上受过赛伦海妖的引诱。十年里我与母亲、妹妹和弟弟，像是一支失去了领队而终于各自溃散到沿途城市的骆驼商旅。父亲终于成为我童年时代的幻想，成为一个小说里的人。我使用这个"爸爸"长达十年之久，像一具疲软松弛的体腔。而十年后回家的父亲进门穿上了这件松软的皮囊，安静地坐在一旁进食了起来。我知道父亲其实哪里也没有去，他一直端坐在晚餐的餐桌，从来也不是尤利西斯；我忽然明白，从那个黄昏的书店开始，尤利西斯就已经是我。是我离开了这张桌子，去寻找那沙画般佚散的父亲的脸孔。

阿　斜

童年时母亲经常嘱我去附近的一家中药店，抓回一些黄芪、四物或枸杞之类的物事。我记得在那阴暗且不开灯的屋子里，有一整面墙的小抽屉，用标签纸写着每个柜子的名字。柜子上摆放几缸透明的玻璃瓶，流着琥珀色的液体，瓶子里漂浮着一只长满触须的物体，婴儿似的。童年时的我指着那琉璃般的液体，问：

“那是什么？”

那个初老的男子静静地从秤杆里抬起脸来，眯着弯弯的眼睛说：

“是妹妹。”

是下午的时间。廊檐外的阴天重得几乎要垂吊下来。我提着油纸包裹的药包，在雷雨降下之前走路回家。中药店里有一个小姐姐。剪着齐额的短发，脸色很白。总是坐在柜子的后面不说话。附近的小孩老是闹她：阿斜。阿斜。你究竟会不会说话。母亲说阿斜得了一种不会长大的病，只会说三岁的话语。“当你成为一个姑姑的时候，阿斜还会是姐姐。”母亲说。我还不能理解那是什么样的意思，阴天就这样地到来了，连同积云。我走了一小段路，不知怎的，又回过头去。阿斜就站在药店的门口，身影缩成一个小团，又瘦又长。我不知她是否正在看着我，又或者只是看向那什么也没有的远方。远方里，冬日的鸽楼在小镇的平房屋顶上一座一座地停栖着，像是小小的坟。那些鸽楼里的鸽群，在一次的远行中几乎全部失踪，再也没有一只飞返回来。阴天的下午，只有那像港一样的积云，低低地倾轧过来，带来整片天空的船。从前从前，母亲总是告诉我：那是霾来了。

霾终于在下午三点钟那种时间，笼罩了过来。将整个小镇变成了灰褐色。雷雨下来以前，空气中飘浮着土的腥味。这些味道和颜色，还有雨的边界，将整个小镇关闭了起来。我感觉自己的身体像一只袋子，居住着一座天气。只要轻轻挤压袋口，整个身体都会下起雨来。

而我终于离开这座琥珀色的镇落，到遥远的城市去生活。十几岁以后是二十几岁，没有道理也不须解释。与一些人相遇，与一些人分手，与一些人告别了就再也没有见到过。去了不远不近的几个国家折返回来。回到生活。生活梦一样地覆盖了我。有一个晚上我在我河堤边的公寓房子里做了一个梦。梦里一个红衣小女孩来到我的门前，我问她：

“你是谁？”

她抬起齐额的黑刘海儿，说：

“我是门的妹妹。”

“什么是门的妹妹？”我问。而梦里的那个女孩，仿佛听见了什么符咒般的，终于彻底地消失在门的后面，整条漆黑的长廊推得极远极远，我被囚禁在一个箱子般的房间里。

醒来以后，就想到了阿斜。想到玻璃弹珠般的小镇，像是猫的瞳孔，眯起一只眼睛探看时，总有琥珀般的花纹，在猫的眼睛里螺旋状地下降，像是一座盘旋向下的楼梯，通往某一年的冬天。母亲、街道，还有冬日里寂寞的鸽楼，剪纸般的摔碎在弹珠里，八花九裂。冬天的夜里我蒙着围巾黑衣过街，背大行李，穿越人群与车站，终于又回到了南方的小镇。

离开时我只有十八岁。霾动物一样地缠绕着我。

药店里的男子变得更老了。只有那整排的药柜抽屉泛着晕黄色的光亮。柜子上的几缸玻璃瓶还浸泡着琥珀色的液体，只是瓶子里那自童年时代起即漂浮悬宕的触须参物已然消失殆尽，仿佛消融。是下午那种接近晚餐的时间，冬天的傍晚大雾像鸟一样地到来，整条街都弥漫着氤氲的烟雾。

我问母亲：“阿斜呢？”

母亲扯了扯我的衣袖对我示意。眯着猫眼般的药店男子，微笑地倾斜着身体，俯身将药包递给了我。

我提着油纸包裹的药包，晃荡地走出店外。一小段路后，不知怎的，我忽然回头，就看见阿斜站在远方的店门口。

那么小。像个妹妹。黑发覆盖了额头。

我不知道阿斜是否看到了我，就像我从来没有看见过她眼睛里所看见的自己。我只是凝视着那被雾所隔绝的十公尺[1]外的眼神，忽然觉得站在这数公尺的雾外观看着我的，其实是童年时代的自己。我想起中药店里那初老男子猫眼般的眼神，还有那些一缸一缸的琥珀色液体，玻璃瓶里婴儿般的触须。我忽然想：那瓶子里漂浮的，会是阿斜吗？并且为此相当地焦急了起来，急忙地向远方的店门口看了过去。但大雾从四面八方拢聚过来，将我们共同掩埋。大雾里阿斜那小小的身影，很快地，被雾带走般地消失了。一瞬间我听见很细很小的“吱——”一声。有些什么自头顶的天空崩落了？小镇阴天的冬日下午像港口一样，霾无声地降落了。

[1] 公尺：公制长度单位，现称“米”。

梦之霾

不知从什么时候开始，做着这样的梦。在我所睡觉的房间里，看到了梦中的自己，正在睡觉。我走近看着。忽然，梦中的自己醒了过来。但是却发现在睡觉的自己，慢慢地，感到窒息了。从鼻子的中枢开始，岩石累累地蔓生出来，堵塞住孔道。想要呼救，却怎么样也发不出声音。渐渐地，四周像有黑暗而透明的墙靠拢过来，夹迫着那早已分不清是梦中还是梦外的自己。我蹲踞在一个玩具箱里哭泣起来。

醒来时，常常是天黑。分不清究竟是清晨还是傍晚的光线青蓝地透着窗帘，照射进来。我在那像是世界尽头悬崖处的房间中醒来。有时，好像来到了末日前的最后一刻。亲人也好，恋人也罢，全都遥远得像是史前时代的画片似的。

房间很安静。家具搁浅着。地板上有拖鞋漂浮的暗影。像是水藻。我在那不知是梦里抑或梦外的交界处，注视起水里自己的倒影。

“五官的位置，不太对哪……”忍不住歪着头，疑惑起这样的事。

“鼻子有点歪斜……好像，在哪里经历过什么撞击似的……”

初醒的自己，对着像梦中映照出来的自己这样说着。仿佛，手心里捏到了那歪斜的器官了。

也有时，会做更遥远的梦。那是跟世界的一切都无关的东西。

在一个空无一人的教室里，古老的黑板上，写有着值日生的名字。粉笔槽里散落着红白黄色的粉芯，天花板的老旧电风扇缓慢地转。我穿着中学时代的制服，坐在教室里。

大家都到哪里去了呢？梦里的我困惑地等待着。但是，什么也没有出现。静静地，静静地，有钟声缓慢地、水流一般地流泻过来，像来自另一个梦里的声音似的，感觉遥远，并且令人发困了。于是，我在那样的梦中的教室里，午睡起来。然后，渐渐地，在梦外所存在的这里，苏醒过来。

“这里是哪里呢？”四周很黑。好像来到了死前一刻的场所。我被从那像是胶卷般的牢里放了出来，终于来到那行刑的房间似的。我像是个被诬告的刑犯；往前看去，是整片喑怖的漆黑；往后回头，却也总是像失散在迷雾里似的，身体也渐渐地，失重起来了。

不知道为什么，在那仿佛冻结的、没有时间感的零度时刻里，醒来的我打了一个长长的哈欠，脑海总是忽然涌上这样的声音：

“这一刻，我是无罪的吧？”

说出口的瞬间，便迅速地掉下泪来。我在那像是封闭的箱子般的房间里哭了起来，颤抖不已。

醒来时，妹妹打电话来，问我要不要一起过年。妹妹所在的地方好像收信不良似的，传来沙沙的噪声，那声音听起来也像来自另一个梦。

“妈妈呢？”在全然漆黑的房间里，我问着。

“死了。”妹妹很冷静地回答着我。

“哦。”

“爸爸也死了吗？”我说。

“嗯。”妹妹说，“也死了。是我杀的。”妹妹的话听起来也像是梦中设计的对白。

是冬天的周末傍晚。我没有去学校，也不用打工。论文进行到无法再继续下去的阶段，天气开始无可救药地衰冷，有一种一路跌落的丧失感。

新的小孩将要诞生。妹妹正在远方我所不知道的陌生城市，某处电话亭里，穿着学生制服，和她肚子里的孩子一起打给我吧。在这个梦以外的世界里，冬天更深一点的时候，街道像被冰河封冻一样，呈现停滞。每次醒来，我有一种进到别人梦里的感觉，像是偷窥了什么自己不该看的东西。但是，世界一点也不在意的样子。它的孔穴无论是白日也好，夜晚也罢，都蕨类般地敞开着。

“姐姐，你知道霾会来的事吗？”话筒里，妹妹微弱的声音这样说着。

“在我们睡觉的时候，霾像乌云一样地来到我们的梦边。伪装成梦的轮廓。它是黑雾一般的东西。但是，有着尖尖的嘴。”

“好可怕啊！”

“嗯嗯。也会吐出长长的丝线。霾就用那丝线缠绕着睡觉中的我们，进行战斗。”

“为什么要战斗？”

“因为，它很想离开梦的膜吧。想用力地撕扯它而被释放出来。但是，却只会做着吐丝这样的动作而已，所以，到头来，还是被自己的努力所纠缠住了啊……”

啊。真像是个笨蛋啊！

话筒里，响起投币的声响。铜板快要用完。从那话筒彼端所传来的妹妹的声音也微弱得像是用丝线所维系着似的，只要轻轻一扯，就会断掉。

一切忽然遥远。星球般的倏忽贴近，又刹那远去了。我有一种恍惚感。家庭像是更遥远的事。比梦更远，在一团云雾的后面，被阻隔开来。我只是一个二十六岁的普通女子，在不能称作是家乡的地方独自一人地生活。在蓝黑色的梦中，有时，我会被分派到一个家庭去，新的爸爸和新的妈妈坐在客厅的矮桌旁，围着冬天的电暖炉。有时，妹妹也在那里，穿着洁净的制服。他们很开心地笑着，拉着我的手，要我坐下。在那样的梦中，不知为何，有一种异常的幸福之感。

“都是假的，只是在一个梦里而已吧！”梦中的我确切地知道自己正在做着梦。

“但是，如果是假的话，为什么现在的我，竟感到这么幸福呢？”

连梦中的自己也不知道。醒来以后，仿佛在一个更巨大的梦中。

“姐姐，我的肚子里，也有霾般的东西吗？”

“有时，觉得自己的喉咙这里，被什么所堵塞住了。肚子里，传来像是翻搅塑料袋所发出的嘈杂声。忽然，会有一种想哭的感觉。但是，不知道原因。”

冬深以后，我开始做各式各样的梦。有时在巴士上，像要出发去一个地方远足似的，有时在很高的大楼，妖怪游行般地从脚下的街道经过。那些梦的边缘都涣散着黑色的雾，我老是在雾与雾之间的通道穿梭，一个梦跳进一个梦。也是在那样的时候，霾来到我的房间，是一月中旬左右的事。靠近年假，学生公寓一个人也没有，大家都回家去了。霾在那样的梦里吸吮着梦的液体，并且，吐出更多丝线，缠绕着梦。我睡了醒来，醒了又睡，觉得自己在一个茧里，被紧实厚重地密密包裹，茧里空而干枯，像是萎缩的子宫。

醒来时，想记录那些梦中的场景，但是，无论怎样努力，却只能写下那歪斜的、没有文法的句子了。

“像是被什么吃掉后所吐出的骨头啊……”

字在纸上被拆解开来。松懈地排列着，宛如残骸。

又像是被谁啃得干干净净的骨头，不带一点剩留的余肉。

“果然，是霾做的好事吧！”

有时，霾会蹑脚越过那海沟般的边境，跨越到我漆黑的房间，耽睡在我写字的桌边，吃食着纸上那些歪曲而任意排列的字。

“不要再吃了！不许再吃了！这些都是很贵重的字啊！”我阻止着霾。

霾毫不在乎地咀嚼着，发出“咔哧咔哧”的声响。吃了字的霾肚子就鼓胀成一个很大的袋子，像吞了外婆的大野狼。

清晨来临，日光斜斜射进窗帘的缝隙，霾烟雾般地消失了。桌面空无一物。宛如海潮退去的沙滩。

偶尔，沙上会有贝类行走。在我恍惚醒来的梦境边缘，我揉着眼睛注视那轻巧的足迹。一洼一洼。等到真正清醒过来，才发现那不过是前夜的茶渍罢了。

晨间的气象报告里有寒流的消息。我打开窗，梦瞬间被曝晒，房间里的一切都反光起来，白日队伍洪流似的进来，伴随低温，梦已经被遗弃在知觉以外的场所了。

☆

很久以前，有人这样跟我说过。不知道的东西，就不会存在。

那时，我是这样回复他的：

“那么，不知道的话才幸福哪！”

记忆开始变得混淆。五官废弃。每做一次梦回来，它们便夜线般地偷偷移动了一次。像是地层堆积。海岸线每年后退一公分，月球渐渐远离地球，五千亿年后，我们会完全远离这整日绑缚着我们的地心引力。

梦境追赶上来。有时像海潮一样倾覆，漫漶过这边境的沙滩，从我睡眠的眼睛汩汩流出。请不要误会那是眼泪。那不过是我的梦罢了。

在梦中，我与小学时代喜欢的 H 君见面。梦里的我是个二十六岁的女子，而 H 君，还维持在最后一次见面的样子，是个十二岁的小男孩。

“要不要和我一起去哪里旅行？”梦中，我这样问着他。

H 君好像听不懂似的，仿佛我说的是一种外国话，他只是微笑起来。

“很羡慕你啊！一直住在这样的地方哪。”我也微笑起来。

我觉得非常幸福。于是，在那仿佛永远不会结束的梦境中，高兴地、不停地说着各种的话。

截一段路

后来我就被带到列车的最前头了。

听说这几节车厢要被放逐，火车不带它们往更南走了，它们大概会被贬谪到更暗更底层的地方去，我想不出有什么比花东线的夜还要更加彻底的了，我想到那些车厢与车厢之间联结的锁链必须秘密地被撬开，夜暗下来，火车在轨道上变成两列，一列跑得太快也就对着被弃逐的那列大声喊起来：喂喂快点快点跟上来再慢一秒车就要驶，车不等你，你跟不跟？你跟不跟？

光复站以后落后的那节就真的消失在长长的轨道后面，再也跟不上来。火车变得很短很胖，这一班夜行平快的所有旅客被集中在仅剩的一节车厢里，居然也总共五个人而已。

两个打盹的高中学生背着花莲高中的书包睡啊睡的膝上的书包也就掉下去了，我想到中学时代那些摇摇晃晃的开往学校的巴士，那些睡啊睡就挨上邻座肩膀睡啊睡膝盖上摊开的一本英文课本就连同书包一起噼里啪啦往下掉砸到自己的脚，然后吓了好大一跳醒过来，弯身去捡时还环顾四周偷偷抹去一把口水心里想着还好还好没人看到。

高中学生的一旁坐着满脸胡子的男人，男人几乎和我同时被带领进这里，但是他走路像波浪，他走路高高低低，他是谁弄丢的单脚小锡兵吗？单脚小锡兵没有携带一起逃走的芭蕾舞者，光复站过后，他开始站站坐坐，然后拄着拐杖在狭小的车厢里走过来走过去。

“还未到呢！”车长说。

单脚大胡子锡兵挨着门坐，每一站停靠时车长就站起身来去扳开锡兵先生上头的那把电锁，列车门“咔啦咔啦”地打开，大胡子坐着抬头看车长，问：“到了没？”

每一个站都没有人上来，每一次门打开就有大片的黑暗汹涌挤进车来，那些黑夜里亮着低度烛光的小火车站，几个铁道员搬进一些秘密的纸箱然后他们就消失了就连同火车站连同光亮一起原地缩小了，纸箱里都装着什么呢？有一个在我脚边，上面打了好多洞，我弯下身把耳朵凑近突然就有一群鸟拍着翅膀“扑哧扑哧”飞进我的耳巢，我惊吓跳开，箱子在动，里面的鸟如果一起拍动翅膀，整个纸箱会不会就飞了起来？

车长说，你要去哪里？

我说，我要去玉里。

这么晚了，到玉里都没有店了，女孩子没有关系吗？

我说没有，我说。

高中学生不知道在哪一站下车，他们有没有睡过头？花莲非常大，从最南要去最北，需要好多时间，V君说他念花中时每日骑单车上学，花中在坡道上，高中时的V君为了赶回家看电视，常常坡道下滑时也加速踩着踩着有好几次差点迎面撞上上坡打弯的车，而他的家不过也在市区的邻镇而已。

单脚大胡子下车的站叫作富源，这样胖这样丰满的站名，入夜以后挂一盏灯，居然也是贫瘠苍凉的。我看着他一高一低地下车，看着他与黑暗错身看着大片的夜色透进来从车门从窗口那样滴水不漏，列车开始起动，车厢里除了我和车长，剩下的便是满地矮矮的托运的纸箱了。没有声音，没有多余的颜色，因为是冬天的缘故，突然会冷起来。

玉里入站时长得非常北野武的车长从口袋里掏出一条七七乳加巧克力。给你。他说。在路上吃。我给你的你可以吃，但是遇到陌生人，不要拿他东西。

我突然明白那种不舍，那种暗夜列车上一人独行穿越整个长长县分的寂寞与孤单，我下车后，真的就空无一人了。

火车站出口的查票员在打呼，我像一只猫那样擦过去擦过去，我的旅途和他的梦境摩擦都还听得见火花，玉里镇上稀落张扬的几个店家它们有矮矮的屋檐，屋檐里一台小时电视，老板不睡才会此时连店也不关。我走进那家小小的旅社时，老板娘背着我在看重播的台语连续剧，剧情好像正演到生离死别吧，所以我进去她回头，她脸上还挂着来不及藏匿的两串眼泪。我的投宿真是显得有点尴尬，而且旅店老板娘显然想等进广告后再招待我，她总算提起热水瓶总算离开噪声“唰唰”的电视机总算带着我上楼，上楼的时候我听见“啪啦”一声。

是什么？我张大眼睛问。

猫进来了。她说。

那现在呢？

我们安静了好一段时间，然后，她说：猫走掉了。

整个夜晚我睡不去，我不是会认床的那种，据周遭的人说我是天生的波希米亚天生的旅人，我不是会认床的那种，但是我左侧右侧翻过好多回我真的睡不去。窗外对着对街全镇唯一通宵亮灯的电影院，过期好久的电影广告牌横在窗外看我，我们眼睁着。天还没有亮起来我索性就起床刷牙，索性把东西一股脑全塞进背包往楼下走，我将钥匙轻轻放在昨夜哭声凄厉现在安静睡眠的电视机上，旅店老板娘可能会遗忘向我收取钥匙，却绝对不会忘记准时打开电视机。

我轻轻地推门轻轻走出去，天还没有亮，几个镇上早餐店里已经灯火通明了，已经有人在里面旋转了，已经听得见油在煎板上跳着跳着准备要热了。我向火车站走去，赶得上往南最早的一班平快，开车前一个高中男学生在剪票口摔了一杯豆浆，地板突然也就冒起烟了。

我记得是从那时候开始天亮，冬天的天亮起来一片雾茫，列车往南开，离开玉里后火车便在河流上转弯了。

听说下一站是安通，E 君说那里的河堤使他罹患上游惰的笃疾，我心里于是开始盘算，若是大雾尚未散去，就在安通下车。

日暮日暮里

日暮来到日暮里，黄昏失去了大半。纤维街上的人潮稀落，已不是几年前初访此地的喧嚣了。日暮的人行道上堆叠着被舍弃丢掉的布匹，剪得破碎凌乱。早年的东京女子都到这里剪裁布衣。而今身光微暗，乐声不起，日暮里只是京成线进东京才路过的地名了。我想起多年前某个友人寄给我的明信片，署地正是日暮里。是转车之际在站前的邮筒偶然投递的信笺了罢。明信片上的字迹有着矫饰的嬉闹，一如她平常会做的那样。只有地名是诚实的。也许就连那样的表演也是一种诚实。多年以后我与她遂不再见面，不是一种阻断，只是来到了末梢。

你好吗。这里的黄昏像河。日暮极美。

而今我终于抵达日暮里。也能理解那理由。因为日暮里的日暮极其平淡，像东京城里的任何一个地方。我从南千住的旅馆搭两站电车到这里，仅只是散步而已。东京的最后几天，无处可去。白日在赁居的市郊旅馆醒来时，窗下就是墓园。墓园里的墓碑一座座往下俯瞰，几乎是岛。南千住的街道空寂得宛如末日，连人也没有。有时我会疑惑，自己究竟身在什么样的时间里？每天我下楼，越过旅馆柜台到对街的便利商店去，捧回食物与酒水。飞过了一千三百三十英里抵达东京都，我仍在这个国家的某个边郊过着穴居的生活，一如台北。有时我简直要怀疑我所拥有的其实并不是一个旅行，而是一种背负在身上的磁场。简直我只是将一个房间空降在一处我所不认识的地方，然后我打开门偶尔出去和那些面孔五官稍异之人类挨拶再迅速退回，退回这切割精准宛如抽屉抑或小匣之房间。我平躺在这软垫卧铺的狭长格子，宛如魍魉。

台北是遥远的幻象。而东京也极不真实。夏日午后的阳光使景物晃荡起来，公交车站，地下铁，街道，橱窗，脚踏车与居酒屋。

阳界事物。

心里浮现这样的声音，我才理解自己原来是鬼魂。

☆

鬼魂飘荡，宛若白日夜游，一日行将终结。日复寻常的一日，和任何的昨天都没有差别。和昨天在哪里也一样没有差别。日暮从日暮里转车，比想象中陈旧一些的绿色电车，长而又长的月台，警铃声，月台上的小卖亭微微颤抖，电车轰隆轰隆驶进，轰隆轰隆驶出。月台尽头穿薄风衣的善男女子，莫不是二十世纪九〇年代初，初在卫视中文台照面的黝黑织田裕二与大垫肩铃木保奈美？

电车驶动，他们会去那已经结束的日剧以外的哪里生活？

荒川日落，有河淙淙，这班车开往南千住，那会是松子日夜凝视的河岸吗？

电车上的一个女人蹙眉看我。我很少看到电车上的日本人这样看人。他们多半低头滑动手机荧幕，有人耽睡，有人读书。起初我微微闪避着那女人投射过来的视线，但后来我忽然变得非常想知道她看我的理由。我会是她所认识的某人吗？

女人不知在哪一站下车。像电车河流里终于四散流溢的石头，被冲刷到城市边境的巷道里。

黄昏时终于抵达荒川线的最终，电车转乘巴士，大河有信，仿佛有神在侧。我沿着荒川河旁的街道廓辖行走，几乎迷失在地图上没有的折痕里。这里比起东京的下町更下町。城市的下水道，汇集着许多混杂的气味，忽而恶臭非常，忽而道长路短。那么，又会是什么在使我不断倾斜环绕并且总是回到道路正确的他方？会是神吗？还是那沿途不断绽开的汉字？仿佛皮肉分离地让意义与词汇裂散。那些汉字象形排组围绕星群一样，像极了一种抒情的公式比方北斗七星的斗勺乘以六，在小巷的尽头攀上河堤，整片整片的天空就倾塌了下来，东京城里若有神在，必定凌驾在这河面阔绰的波光之上。

中岛哲也二〇〇六年的电影，最终的落脚之处。令人讨厌的松子姑姑。秋日里最紫最红的天空，只存在灵光尽皆消逝的年代。数位摄影机才拍得出的那种神的颜色。电影文本在此戛然而止，仿佛神启突然。松子问：“？”问得四面八方都只听得见自己的声响。她爱过的男人最后都不爱她。白雪公主与黑天鹅。流徙辗转，她索性在荒川边的破烂公寓住下来了。

死前最后看到的是河岸上秋日里满天的星空。不断旋转。像童年妹妹床边的晶亮折纸。轻轻一碰就会旋转起来。满天满天的星星掉落下来。姐姐。请你不要离开我。我会做一个很好的妹妹。几次在南千住狭长的单人旅馆里醒来，分不清梦里究竟是影像还是现实；是我的妹妹，抑或只是电影里一个女主角的妹妹？大河潺潺，这是另一个国家，还是仅仅是我梦里所见的他方？

而夏天终于又要全部过完。包括旅行，还有那些光里强烈反白曝光的景色。像一种极简的线条，仿佛森山镜头下的道路，相纸的镜头总有光的结界：再擦拭一点，请再多擦拭一点；让线消失，让光大片大片地攻城与略地，让持摄影机的人什么都可以不再想起。生活在他方。如果河中有神，他会不会使我终于生活在我城？

想起二〇〇六年在河堤公寓里和 W 用大陆种子看完了这部片，看得两人都哭了起来。那时落地窗外的阳台还是缓缓流动的景美溪。黄昏一来，便有了通紫通红的天空。我也有那样一条日日眺望的河，可以看得双眼枯竭，心舌干荒。还有那些独居的日子。孤独的 236 公交车。最末最末一班，凌晨一时三十五分将我由已然熄灭的城区遣返回河旁。暗夜行路，我还有一条河可以依傍。

十年一渡（代跋）

直到现在，我都还保有多年以来的一种习惯：晚睡。散步。独自旅行。走一段不远不近的路回家。有时我会在夜间那种自木栅回到城中的公交车中途下车，走一条笔直的罗斯福路，回到那像枝丫般开散在沿途巷道里的房间。那种笔直有时像是洗衣的塑胶刷子那样地刷洗着我，将我磨亮，把我擦痛。那种痛里有一种关于清洁的奇妙感觉。仿佛每一步都是自我核心的铅锤。锉刀的边缘，很多年以来，我用这种近乎尖锐的感觉在摩擦着每日天气的边界。在这座多雨的城市，伞总是极容易失去的，像你所能失去的任何一件东西。我来到这座城市的第一年就弄坏了七把伞。它们有的被另一个也失去伞的人理直气壮地偷走，有的则在一次夏季的午后，雷阵雨中被劈得骨架歪斜而最终丢进了路边的垃圾桶。后来我明白了关于持有，有时比起从未有过来得更加令人不安。所以我喜欢走路，喜欢用双脚真正从一个捷运站抵达另一个捷运站，踩踏斑马的背。把道路当作一匹巨大的动物来攀爬。抵达了吗？真的抵达了吗？像我老是问自己的话。而道路总是一再地生长，仿佛一种生根植物。在那重复地抵达与推延的路程中，终于感觉自己也成了一匹老去的海。

我经常想起我出生的那个小镇。离山很近，而海也在不远的地方。不管什么时候回去都有一种琥珀色，像镇里那些老人猫一般的瞳孔。那种颜色让整个小镇变成了一种没有时间感的天气。有时这种天气会充满着我的身体，使我饱胀，把我气球般地灌满，让我的肚子里摇晃着一整座下午的海洋。南方的阴天、雨水的酸味，还有那空岛般被远远推迟在海平面尽头的积云。使我又回到童年时代的某个黄昏，和母亲一同凝望过的海。

那或许是我一生中最靠近死亡的时刻。我还记得母亲的裙摆是大红花开，红艳艳的，在海风里翻飞乱舞。我玩得累了，一脸一手都是沙子，午后的太阳晒得我晕头转向，母亲便跟港口旁卖凉水的人买给我一罐十元的舒跑。拉开拉环，拉环的背面写着小小的字：“再来一罐。”我把它亮晃晃地举高给母亲看，母亲便不知怎么地哭了起来了。

我是要到很多年以后，才真正明白那个被海水所拜访的下午，究竟意味着什么样的意义。黄昏离开，海潮退尽，我们又若无其事地活了下来。仿佛只是一个多出来的下午，被琥珀色的猫眼所窥视。猫眼里的世界像一个玻璃球，摇了摇就会有细小的雪花掉落，像时间的尘埃。我好像一直在旅行，像一次海难里幸存下来的一个生还者，孤独，无依，没有伴侣，总是随着洋流的方向漂流。从童年的海港离开，到另一个海。可是其实所有的海都是同一匹海。有时我会在一个极远极远的异地海边，想起那个遥远的下午，想起关于死亡这样的事物，不过是从一个梦接连到另一个梦的过道，串接起破碎的时间。通过死亡，我就到了另一个地方。有时我也觉得自己在那个童年的下午已经死过了一回。在生与死的边界，是母亲将我抛掷到那条被弃抛物的最前沿，连同她自己，逼我睁眼凝视海水尽头那不可见之物，仿佛是一种对于她也对于我的试炼；而在这条抛物线物理容许角度的最极致处，那仅有一步之遥的结界，母亲终究是救了我，并正因救了我而终于救起了她自己。

多年以后的许多日子，在一座无海的城市，深陷的盆底，一条过陡的坡道，一间终年暗黑的地下室房间，几个过不去的夹层缝隙里，生活的断面被削减得仅剩下一面墙。坏掉的伞，死去的友人，忘记的名字，像掌心里不断从指间佚失的沙。日日重复的日子，一天一天，像壁球的回力轨道被自我抛掷向自我。有那么一个濒临边界的时刻里，我会想起那样一个有海水的下午，想起自己的存在本身，曾喻示着一种救赎；想起这个世上有一个人曾因我而抛却了死亡的道路，想起关于获救这件事，从来都不是一件只有自己的事。还有那个亮晃晃的拉环。仿佛签诗一样地对我揭露着关于生界的时间，某种神秘主义式的暗示。再来一罐。再走一段路吧！在转弯的地方，就会再遇到一片海。而我知道所有的海其实都是同一匹海。它只是十八岁出门远行以后，就再也没有回到原本的港。

这本书的写作或许也是那样的一匹海。书中最早的篇章可以推溯到十一年前的《失语症练习》（二〇〇二），重新辑录时，脑海里便浮现起当时的房间：二十岁的时光，暖橘色地砖，一盏低垂的小黄灯泡，黄澄澄地打在贴有田壮壮《小城之春》海报的墙上，室内就仿佛有了温暖的炉火可烤。我可以卷着一条毯子就这样蜷缩着度过一整个小城的冬天。集子里的许多篇章，随着不同年岁里的几度搬迁，在类似的几个洞穴房间里磨磨蹭蹭地写下。有些心情已经消逝，有些什么却积尘般地被堆叠在这本书里，拥有着属于那些时光里它们各自的意志。而我其实是个无比邋遢却又极端洁癖的矛盾之人，总是时时在心里拧着一条洗了又洗的抹布，老想着要将心擦得发亮；未料写了又写，却放任了这周身悬游漂浮的尘埃粒子，形成环带，便也只能将之留作十年以来每个渡口的一种纪念。纪念那些活过的时间。

谢谢黄锦树、郝誉翔两位老师为这本书作了如此贵重的序文。也谢谢蔡素芬与陈芳明老师分别在大学和研究所时期给过写作上的支持。谢谢九歌的陈素芳女士促成了这本书的出版，雾室耐心体贴地倾听与设计，以及施舜文小姐辛苦地联系与编辑各种事宜，包容我任性的焦虑与反复。谢谢一些重要的朋友，小至养猫做饭清洁地板，乃至宇宙黑洞扩张频率，谢谢你们没有边际的交谈。

二〇一三年三月三十一日，于台北城南

白马走过天亮

出版统筹：新华先锋
出版策划：王　铭　木易雨田
特约监制：林　丽
营销统筹：杨文璐
版权运营：曾　丽
策划编辑：宋亚荟
责任编辑：俞滟荣
封面设计：吴黛君
封面绘图：吴黛君
版式设计：吕文晓
责任印制：李　静

天猫旗舰店

京东旗舰店

当当自营

微信公众号

投稿邮箱：tougao@cooldu.com
新浪微博：@先锋读书会（免费精品好书天天送）